ないもの探しは難しい

metta

Ruby collection

Contents

登場人物紹介

ダリウス

トワイニアの名門・ヴァレイン家出身の若き魔法騎士。妾の子でありながらアルファらしく抜きん出た才能をもったことで、本家から命を狙われることに。

ロバート

幼い頃に両親に捨てられて孤児院で育つも、ギルドで評判の斥候へと成長した。極秘潜入任務でなぜかダリウスの夜伽役に。バース性が不明だったが…？

シグリッド
名前の意味は“美しき勝利”。その顔貌は幼少期のダリウスによく似ており…？
オリヴァ
ロバートのかかりつけ医。魔力もなく、バース性も判明しないロバートのことを気にかけていた。
マシュー
ダリウスに仕える執事。主人を守るため、ロバートに屋敷への潜入任務を依頼した。
ライリー
トワイニアの騎士団長。温厚な性格でよくダリウスとイライザの仲介役に。
イライザ
トワイニアの魔法師団長。勝気な性格でよくダリウスを揶揄う。

ないもの探しは難しい

0．俺とご主人の馴《な》れ初《そ》め的な

俺と、俺の勤める屋敷の主人であるダリウス・ヴァレイン様との関係が始まったのは、魔法騎士であるダリウス様が遠征から帰ってきた時のことだった。

普段なら執事のマシューさんが、いの一番にダリウス様をお迎えする。だけどちょうどその時、ヴァレイン家の本家から呼び出しを受けて屋敷を不在にしていた。

遠征、そして戦い明けで気が立っていて威圧感たっぷりのフェロモンをびしびしと発しているらしいダリウス様を怖がって誰も近付くことができず、仕方なく俺がマシューさんの代わりに対応した。

それが始まりだった。

「おかえりなさいませ、ダリウス様」

「――お前は確か、遠征の直前に入った……」

「はい。ロバートと申しま……」

俺をじっと見るダリウス様に口が思わず止まる。

何だ何だ？　ほぼほぼ入れ違いで屋敷に勤め始めたから覚えてないのかな？　まあ忙しいもんなと思いながら、外套《がいとう》を預かり、風呂《ふろ》や食事をどうしますかと尋ねようと口を開く前にがしっと腕を摑《つか》まれた。

「……お前ちょっと来い」

「え」

掴まれた腕を引かれ、外套を落としてしまう。なんだ何か気に障ったか、と思っているうちに部屋に引っ張り込まれ、ベッドに放り投げられて混乱している俺にそのままのしかかってくるガタイのいい男前。足に乗っかられた俺は身動きが取れないまま、服を脱がされ始める。そこまできてやっと、これまさか。まさかね……とある予想が立ちつつあった。

「ちょ、あのっ！　ダリウス様、何を……！」

その問いには答えてくれず、ダリウス様はバサッと身につけている服を一気に脱ぐ。着痩《きや》せするタイプかいい体してるなおい。戦闘スタイルは魔法が主って嘘《うそ》だろ……じゃない！

おい正気か！　何で俺!?

顔も何もかも平凡な上にそばかすだらけの男だぞ。

「ちょっ！　ご要望でしたら娼婦《しょうふ》でも男娼《だんしょう》でも何でも手配しますから早まらないで！」

「花街の雰囲気や、きらきらしいのは好かん」

じゃあ普段どうしてるんだよ。

その辺を歩いてそうな普通の男を毎回こんな感じで無理矢理引っ張り込んでんの？

「望みがあるなら後で聞く」

「えっ……いやいやいや！　ちょっと……！」

自分の外見でこういう性的対象として見られたことなんて男相手にも女相手にもないし、ましてや襲われたことなんて一度もない。想定もしていなかった。

想定していたところで体格がよく、この国で最も強いと言われているようなアルファであるダリウス様にひょろい俺が敵《かな》うはずもない。愛撫《あいぶ》を挟みつつあれよあれよという間に着ている服を剝《は》ぎ取られていく。

「あっ、ちょ！　待って……！　このペンダントは親の、形見なんです……っ！　取らないでください……！」

何とかそれだけは主張して、ペンダントは取り上げられずに済んだが、シャツは全開だし下着はとっくに剝ぎ取られていた。元気のないものを扱《しご》かれ、後ろの孔《あな》を撫《な》でられ、さらに指先を挿《い》れられ

「ひぃいやぁぁ！」と裏返った声で間抜けな叫び声を上げてしまう。

「お前初めてか」

「俺みたいな地味で魔力も少ないような奴《やつ》なんて言わずもがなです……！」

何たる悲しい宣言。状況も相まって俺は涙目で必死に頷《うなず》く。

「――分かった」

分かったって何が、と思うやいなやキスをされた。案外薄く柔らかい唇が優しく触れるが、優しく触れるだけだったのは最初だけで、流れるようにするりと入り込んだ舌が動いて、手が身体《からだ》のあちこちを這《は》う。息が苦しくなるにつれて、目元がじんわり温くなって、頭がどんどんぼんやりしていく。

「あっ！　やぁ、うあ、んんっ――！」

ぼんやりしていた頭が自分の喘《あえ》ぎ声《ごえ》で正気に戻った。えっ、何これ俺の声？　って。

「ん、な……？　――ひッ！　あ、んぁっ」

ぱん！　と肌と肌がぶつかる乾いた音が響く度にあがるそれに戸惑《とまど》いながら、じわじわと正気に戻る。戻ったところで何にも変わりはしない。体格がいいからかアルファだからか、はたまた両方か。気付けば俺の尻《しり》にはそれはそれは立派なダリウス様のモノが現在進行形でぶっ刺さってぐちゅぐちゅと抜き差しされている。

「ひ、んっ！　ぅ、あぁ……ッ」

ああそうだ。初めてかって聞かれて首がもげる勢いで頷いたからか、めちゃくちゃ丁寧に前戯されて魔法を駆使しつつ香油をいっぱい使って解《ほぐ》されたんだった。高い魔力をこんなことに使うのかと思っているうちに口淫《フェラ》されて「あぁっ！　駄目です汚いです……！」とか言った覚えはある。よく考えたら、そんなこと言いつつ全く抵抗してないよな。完全に嫌よ嫌よも好きのうちな返しだよな。正直初めてされた口淫はものすごく気持ちよかったんですけども。

そんな事を思い出しているうちに、ダリウス様が緩急をつけつつ腰を動かす。その度にぞくぞくと何かが背中を駆け上がり、揺らされる度に俺はイッていた。

腰を打ち付ける速度が早くなり、腹の奥をごちゅごちゅと叩《たた》かれているような、抉《こ》じ開《あ》けられているようなひどい音がする。でも気持ちがいい。気持ちがいい。それだけは間違いなかった。

「あぁ――ぁ……ぁ……」

ダリウス様が俺の腰をぎゅっと摑み直し、ぶるりと体を震わせると俺の中に熱いものが拡がっていく。ぎゅっとシーツを握り締めて出されたものを腹で飲んでいく俺は声もなく、びくびくと体を震わせて達していた。

「――私がいない間に使用人に手を出すとか、一体全体どういう事ですかっ！」

「戦い明けの私に臆《おく》せず近づいて来ることが出来たし、きらきらしいのや花街の雰囲気は好かん」

「そんな理由で使用人に手を出さないでくださいよ！　今までそんな事したことないのに何でよりによって……」

「責任は取る」

「責任は取るってベータの男性相手にどうやって⁉」

執事のマシューさんは、帰って来て早々にダリウス様に詰め寄り叱り始めたみたいで、その大きな声で目が覚めた。ベッドでシーツにくるまり、萎《しな》びた野菜みたいにしんなりとしている俺は何と言ったらいいのか。

「責任は取らなくていいです。……むしろ何かすみません」

頭を抱えるマシューさんに思わず謝った。もうちょっとちゃんと抵抗すべきだったかなって。いや、一瞬そう思ったけど、抵抗したところで無駄だったよなぁとも思う。

「いや貴方《あなた》は悪くないでしょうロバート。私は貴方に怒っている訳ではありません。こちらこそ……ダリウス様が申し訳ありません。一体何とお詫《わ》びしたらよいのか……」

お詫び……お詫びね。そういや望みとかって言ってたけど、望みと言われてもなぁ。

「えーと……じゃあ、お手当をください。俺程度が言うのもなんだけど花街で遊んだ場合の半額くらいつけてくれれば」

そう言うと二人が揃《そろ》って変なものを見るような目で俺を見た。

「――そんなのでいいんですか貴方。どう贔屓《ひいき》目《め》に見ても強姦《ごうかん》ですけど」

「どう考えても悪いのは私だが……何でそうなる」

「俺みたいなのを引っ張り込んで性欲処理するようなのはどうかと思いますけど」

いやホントに。

見た目にしたって何にしたってもっと他にいるだろう。あと「望みは後で聞く」なんて、俺がこれをネタにゆすったりたかったりするような奴だったらどうするんだ。

「正直俺、見た目もこんなだし魔力も少ないし甲斐性《かいしょう》もないし。嫁さんももらうことはないだろうから、前も後ろも経験ないまま死ぬ可能性があったことを考えれば、別にいいかなって。確かに無理矢理引っ張り込まれましたけど、優しかったしとても気持ちよかったですよ」

「そんな性行為そのものの感想報告はいりません！」

へらりと笑ってそう言うと、凄《すご》く嫌そうな顔をしたマシューさんがぴしゃりと言って溜《た》め息《いき》をついた。

「……はあ……貴方がそれでいいなら、手当をつけるのは全然問題ないんですけど……いやでも……」

本当にそんなのでいいのですか？　と何度も聞いてくるマシューさんに「いいんです、大丈夫ですからお手当ください」と言って話を打ち切った。その後俺の給金には、ありがたいことに花街で遊ぶのと同じくらいの額が手当としてついていた。名目は何故《なぜ》か夜勤手当だったが。

それからというもの、ダリウス様は一体何が気に入ったのか、屋敷にいるときは結構な頻度で俺を部屋に引っ張り込むようになり、その都度マシューさんがちゃんと手当をつけてくれていた。

最初こそ無理矢理引っ張り込まれたものの、ダリウス様は基本優しい。言葉は多くないが意外と態度も柔らかいし、痛くないかとかの確認や体勢が苦しくないかとかの気遣いも毎回必ずしてくれる。確認が終了すればそれはそれは容赦ないけど。

嫌がらないし媚《こ》びないのがいいのかな、俺結構体力あるからそれもいいのかなとか色々考えてみたこともあったけど、ダリウス様の心の内は分からないし考えたって仕方がない。女嫌いなだけあって男とのセックスに慣れていて、俺はいつも気持ちよくして貰《もら》っている上に結構な額の手当までつく。うん、何も問題ないかな。

……と、何も考えていなかったのが悪かったのか。よく考えたら俺、依頼を受けて使用人のフリしてここに勤めてたんだったよね。

最近あまりに雑魚《ざこ》の相手ばかりだったからすっかり忘れ……油断してたのが悪かったんだと思う。

1. むしろ真っ最中だから近付けた

この世の中には男と女という性別のほかに、α《アルファ》、β《ベータ》、Ω《オメガ》の3種類のバースという性別がある。

遠い昔、性別というのは男女の区別しかなかったらしいが、災害や争いなどにより人が滅びる寸前になるまで数を減らした時代に、第二の性とも呼ばれるバース性を持つ人間が現れ始めたのだと言われている。

昔の不安定な時代にはアルファもオメガもある程度の数がいたそうだが、アルファはアルファの種を受けたオメガからしか産まれないということもあって、アルファはその出生条件から、オメガはその特性から残酷な扱いを受けて数を減らしていき、現在世の中の大多数はベータとなった。アルファもオメガもそれなりに希少種なのだ。

この国ではなく世の中の一般的区別をざっくり言うと、アルファは容姿も能力も優秀な者ばかりの支配者階級、男女問わず基本孕《はら》ませる側だ。ベータは可もなく不可もない普通の人間、オメガは男女問わず孕むことが出来る性で、数ヶ月に一度フェロモンを発する発情《ヒート》と言われる状態になる。他性の性的衝動を誘発してしまう上に自身も発情期の間はまともな生活ができないということから、下層階級として扱われがちである。

大昔に比べると発情期を抑える抑制薬の精度が上がり、よっぽどでなければ完全に抑え込めるようになってはいるものの、やはり差別意識というのは根強いものだ。

俺の暮らすトワイニアという国は、過去にオメガの偉人がいたため、表面上はオメガ差別がなく他国よりも優秀なアルファが多い豊かな国である。

アルファの多さに加え、騎士団の中に魔法師団を結成できるほど魔法使いの輩出も多い。魔力を動力とした魔道具の製造も盛んで、各種ギルドも揃っており経済活動も盛んである。そして身分が低くても孤児でもオメガでも、能力があれば出世できるような土壌も整いつつある。

そんな豊かな国であるが故に、周りの国からのちょっかいが絶えないというところは玉に瑕《きず》だが、そこは騎士団や魔法師団、戦闘系ギルドが適宜連携し合って国を守っている。

ダリウス様はそんな国のアルファの中でも飛びきり上位の階級に属するアルファ。それに対して俺は――――。

「考え事か」

「っひ！」

鎖骨をがぶっと噛《か》まれて意識が現実に引き戻される。ちょっとだけ面白くなさそうな顔をしたダリウス様はそのまま首筋や乳首をはむはむと甘く噛んで舐《な》めて吸って、ゆっくりと腰を動かす。深く揺さぶられた俺は短く少し高めの声が零《こぼ》れた。割と最初から快感を拾うことが出来ていた俺の身体は、今では教え込まれた通り、ダリウス様の一挙一動全てに反応してしまう。

「んっ、あぁ、っや、んぅっ」

「ロバート、お前……少し痩《や》せたか？」

「っ、んぁ！　ど、うっ、でしょ……？」

――確かに最近ちょっと食欲が落ちてるかもしれないし、少しくらいは痩せてしまったかもしれない。

けどそれってさ、最近ダリウス様が屋敷にいることが多いから、部屋に引っ張り込まれる頻度が増えて……というか屋敷にいる時ほぼセックスが通常業務みたいになっているからじゃないですかね？

ダリウス様は戦闘職だけあって体力もあるし。比較対象がないので予想でしかないけど、セックスも人より絶対激しいだろう。そりゃあ痩せるよ。

内心で抗議していると、それをなだめるように薄い腹をそっと撫でられ、腹筋の溝をつうっと辿《たど》られるとそれだけでまたビクビクと体が跳ねる。

「ただでさえ細いのに、これ以上痩せたら抱き心地が悪くなりそうだし折ってしまいそうだ。もう少し食べて肥えろ」

「あ、ぅう、ん……お、男にッ、何を……あっ！　求めてる、んですかぁ……！」

痩せているのは体質だし、男なんだから無茶は言わないで欲しい。俺だってここのまかないは美味《おい》しいから、食べたい気持ちは十二分にあるんだよ。まあでもこれ以上痩せたらダリウス様のはデカいから、腹破れちゃうかも。今だって俺も知らない俺の中を我が物顔で暴れているし。

入り口近くまで引き抜いて一気に奥まで穿《うが》たれると、色んな場所を押し潰《つぶ》しながらごつんと奥にぶつかって、俺は声もなく盛大に跳ねて達した。いつも無意識に全力で跳ねてしまうから、ダリウス様はいつも俺の腰や腕を押さえつけていて、俺の身体《からだ》にはあちこち摑《つか》まれたり押さえられてできた痣《あざ》がある。

「ダ、リウスさ、まぁっ……あっんんっ！　ゃ、俺お、れッ、またっ……！」

「ッ……イけ。私、も」

「あ、あぁぁ――……！」

ダリウス様のシャツの裾《すそ》を握って俺はまた達する。ぎゅっと裾を握り締めるのと同じようにぎゅっと中にいるダリウス様のものを締め付けると、穿つものが更に大きくなったあと、熱が溢《あふ》れる。胎《はら》に勢いよく拡がっていくそれだけで、俺は再び軽くイッて小さく震える。

「――ッ、ふ……ん、ぅ……」

ずるりと抜かれるその感触。それだけでもう一回軽くイッてしまう。出されたものがどろりと溢れて、俺はまた震えた。瞬きをして白んだ視界を戻し呼吸を整えることで、ぼんやりとしていた頭がはっきりしてくると、ダリウス様が魔法で後始末をしてくれているのが見えた。俺もと起き上がろうとすると、もう終わるから休んでいるようにと止められる。

自分でしますという俺の意見はやんわり無視して、水を注《つ》いでくれたり服を着せたり髪を梳《す》いたりしてくれる、まめまめしいダリウス様を見ていると、相手が俺だなんて本当に勿体《もったい》ないなぁと思う。性的な嗜好《しこう》というのは本人の努力でどうにかできるものでもないだろうし、本人がよければそれでいいとは思うんだけど、周りはうるさいだろうし大変だろうな。

そんな事を考えていたら後始末が済んだようだ。言葉に甘えてベッドに寝転がったままの俺は、隣に腰掛けたダリウス様に尋ねた。

「最近お屋敷にいらっしゃることが多いんですけど、情勢は結構落ち着いてきたんですか？」

「いや、逆だな。むしろ虎視眈々《こしたんたん》と準備をしている。こちらが戦う建て前はあくまで自衛だから、打って出ることは基本的に出来ない。なので今は待機させられている」

「打って出た方が早そうな気もしますが」

「一対一の戦になるならな。こちらが出て行けば利害の一致した国々が同盟を結んで攻め込んで……」

「ダリウス様っ!!」

殺気を感じ、ダリウス様が振り向きもせずに何かの魔法――多分動きを封じる系の魔法を使ったと同時に、俺はサイドテーブルの上にあった果物ナイフを刺客に向かって投げた。投げナイフの練習はヴァレイン家に勤め出してからも毎日必ず行っている。ナイフは吸い込まれるかのように刺客の手に刺さり、きっちり武器を取り落とさせた。

せっかくここまで近づけたのに、何でピロートーク……でもなかったけど……こんなタイミングを狙うかな。もし俺が刺客なら真っ最中、できれば達する瞬間を狙う。あの瞬間は誰でも多分、無防備だ。

痛みに呻《うめ》く刺客……暗殺者をてきぱきとダリウス様が拘束するのを見ながら、こいつは騎士団詰所の牢屋《ろうや》行きかな？　俺のお小遣いには出来そうにないなと思っていたその時。

「――っぐ、あ……痛っ――くそっ！　お前……お前だろ!?　暗殺者ギルドから依頼を受けて潜り込んでいるって奴《やつ》は！　何で俺を攻撃するんだちゃんと協力しろ!!」

「……は？」

――おい！　馬鹿!!

俺はセックス後の疲れも忘れてかつてない程素早く動き、ダリウス様が拘束していた馬鹿暗殺者の首に手刀を入れて昏倒《こんとう》させた。だけど馬鹿の台詞《せりふ》をばっちり聞いたらしいダリウス様が、見えない程の素早い動きで俺の頭を摑んで、じとりと睨《にら》む。

「……ロバート？　どういう事だ」

「ええっと……」

へらりと笑って誤魔化《ごまか》そうとしたのだが通じるわけもなく。

ああもう何で大事な時にマシューさんはいつもいないんだ。そういえばまたヴァレイン本家に呼び出されてたんだっけ。おのれヴァレイン本家許すまじと俺は顔も知らないヴァレイン本家の面々を呪った。

そもそも俺がここに勤めることになったのだって、ヴァレイン本家――先代の奥さんであるダリウス様のお義母《かあ》さん、もしくは本家の現当主であるお兄さんが、ダリウス様を殺そうと暗殺者を送り込んできているのが原因で、きっかけなのだから。

2.「はい」と言うまで出られない部屋

遡《さかのぼ》ること一年半前。

事の始まりは、俺の所属している半公益の傭兵《ようへい》ギルドのマスターに裏社会の組織――通称、暗殺者ギルドから入った情報連絡だった。

――魔法騎士ダリウス・ヴァレインの暗殺についてヴァレインの本家より依頼が入っている――

基本的に裏社会の組織というのは、金やメリットが大きければ、違法適法関係なく、割と何でもやる。けれど今回の話はそういうわけにもいかないらしく、ギルマスを間に挟んで関係者に情報提供しに来たのだという。

「流石《さすが》にねぇ、魔法騎士サマを暗殺なんてまず難易度が激高だよ。だって、あの魔法騎士サマだよ？　一騎当千国防の要《かなめ》だよ？　お家騒動ならまだ分からなくもないけどさぁ、ただの嫉妬《しっと》と猜疑心《さいぎしん》で殺していい野郎じゃないよねぇ。下手《へた》したら殺人云々《うんぬん》より反逆罪か転覆罪だよ～！　確かに僕らは金のためなら割と何でもやるけどさぁ～国がなくなるレベルとなると話は別なんだよねぇ～なくなってもメリットがあればいいけれど、なくなるデメリットの方が大き過ぎるんだよねぇ～」

少年とも青年ともとれる姿の暗殺者ギルドの男は、ギルマスの部屋の飾りっ気も何もないソファーに座ってお茶を飲み、緊張感がまるでない間延びした声でひたすらぼやいている。

魔法騎士ダリウス・ヴァレイン。

文武ともに優秀な人材を輩出しているトワイニアの名門ヴァレイン家出身で、現当主の異母弟。国内でも最強と名高く、有事の際には最前線で力を振るう、この国の剣であり盾でもある若き英雄である。

人間離れした強大な魔力を持つ魔法使いでありながら、アルファらしく恵まれた体格で剣も肉弾戦も強く、騎士団長にするか魔法師団長にするかで一悶着《ひともんちゃく》あったとかなかったとか。結局あまりに強すぎるからという理由で、集団ではなく単騎運用を基本にするために、魔法騎士という新しい役職が与えられたという、訳の分からないとんでもない人物だ。そしてそれに加えてはっきりとした顔立ちの金髪碧眼《へきがん》の男前である、と。正直このトワイニアに名前を知らない人間はいないだろう。

暗殺者ギルドの男が、やれやれといった風に肩をすくめているすぐ側《そば》。そこにはいかにも執事ですといった風貌《ふうぼう》の男性が姿勢よく立っている。

ギルマスは暗殺者ギルドの男からこの話を聞いてすぐに、魔法騎士様の屋敷に話を入れ、それを受けてギルドにやって来たのがこの男性らしい。男性は暗殺者ギルドの男とギルマスに情報提供の礼を言ってソファーに座った。

「ダリウス様は奥様のお子ではないので、亡き旦那《だんな》様も絶対に後継者にはしないと最初から明言されていました。だからこそダリウス様は騎士団に入りましたし、兄君がきちんと当主になっているというのに……」

溜《た》め息《いき》をつく執事さんによると、魔法騎士様は妾《めかけ》の子で、そもそも跡継ぎとして数えられていないのだそう。昔から優秀であったため先代当主の奥さんである義母や異母兄が、弟が当主の地位を狙っているんじゃないかということをずーっと疑っているんだそうだ。

「お兄さんってそんなに駄目なんですか？」

「そんなことないですよ、武の方はそれ程ではありませんが、当主としての諸々《もろもろ》の能力はダリウス様より高いです。そして妾との間にうっかり子を作る先代よりずっとずっと優秀です」

わあ、辛辣《しんらつ》ですね。

まあそんな性格の奥さんがいて、それを御することができてない時点で、先代さんは名家の当主としてはちょっと駄目な気はする。

「ダリウス様がたくさん武功を立てて順調に名を上げておりますから、一時落ち着いていた猜疑心がまた復活してしまったのでしょうね……」

魔法騎士様はこの自分を殺そうとしている義母や異母兄に相当気を使っているそうで、騎士団に入ったのもそうだし、子どもができたりしたら絶対にトラブルになるからと、結婚もしていない。義理の母とも色々あって女嫌い、いい物件だと群がられたり、王家から綺麗《きれい》なオメガを紹介されまくった時期があり、それが原因で女嫌いにオメガ嫌いが加わってしまったらしい。家のこともあるし、この際面倒だからと結婚できないような普通のベータの男が好きなことにして未婚を貫いているそう。何か気の毒……。

「ダリウス様のお耳に入ったら、また気を揉《も》んでしまいます。最近隣国との小競り合いが頻発していて、しょっちゅう戦っていらっしゃいますから、屋敷の中くらいは、余計な心労は掛けたくないのですよね……」

ということで、執事さんは誰か住み込みで仕事をしながらダリウス様に気づかれないように暗殺者を倒せる人間をよこしてくれ、とギルドに依頼しにきたんだという。ああ嫌な予感。

ちらりと視線をギルマスに向ければ、ギルマスが俺を見てにかーっと笑う。ああやっぱり嵌《は》められた。何でギルマスの部屋でこんな話をずっと一緒に延々聞かされているんだと思ってたんだよ。

「昼飯奢《おご》ってやるって言うから来たのに……騙《だま》された……」

「まあまあ、ロバート。これめちゃくちゃ報酬のいい話だからな？　マシュー、こいつは目立たないし、ひょろい見た目をしているが、これでも戦闘も偵察もこなせる斥候で、優秀な短剣術と投擲《とうてき》術の使い手だ。能力は保証するし、荒くれ者が多いうちのギルドの中では普通の見た目だし、サンセトの孤児院出身だから読み書き計算も出来て結構賢い。ヴァレイン家に放り込んでも問題ないだろう」

「えーっ！」

不満の声をあげると、ギルマスの腹立つ笑顔が睨みに変わる。

「短期や近隣中期の依頼ばっかり受けてて貧乏なお前にはぴったりだろうが、嫌なら長期依頼も受けろよ人手が足りねーんだよ」

そんなの俺の自由じゃん。長期依頼を受けたくない俺はギルマスを睨んだ。

「じゃあついでにうちにきた依頼も受けたことにしてよ。どうせなかなか達成できないからってこっちの暗殺依頼と別に焦っていろんな暗殺者も雇《もぐり》って送り込むでしょ。一匹あたりで報酬払うから、こんな依頼を勝手に受ける三下馬鹿を捕まえて欲しいなぁ～」

睨み合うギルマスと俺の間に入った暗殺者ギルドの男はそんなことを言いながら、人の顔を改めて覗《のぞ》き込《こ》んで何だか嬉《うれ》しそうにしている。

「にしても……君のこのどこにでも溶け込めそうな見た目はすっっっごく魅力的だよねぇ。得意なのが短剣術と投擲術っていうのもいい感じだし、それでいてあの孤児院出身ならそこそこ賢いはずだし……ね、ね、これを受けるのも長期依頼も嫌なんだったらうち来ない？　うちの依頼は殺《や》ればそれで終わりだし、一回一回の報酬は高いよぉ？」

「おいこらうちのギルドの若手を裏社会に勧誘すんじゃねぇよ！」

「どっちもお断りします」

「ロバートぉ！　お前はこの長期依頼受けるって言わない限りここから出られるなんて思うなよ！」

「横暴というか職権濫用！　規約違反じゃないのかそれ!!」

「じゃあうちに……」

「行きませんってば!!」

あーもう、収拾がつかない！

好き勝手なことを言う面々に内心頭を抱えていると、俺たちのやり取りをずっとお茶を飲みながら黙って聞いていた執事……マシューさんは、一枚の紙を取り出してさらさらと何かを書き加え、無言ですうっと俺の前に差し出す。

「何ですか、これ」

見ればそれはヴァレイン家使用人の雇用契約書だった。

「依頼料と別に、当然使用人分の賃金はお支払いしますし、衣食住も保証します。週休もあります。

腕のいい料理人がいますから、まかないも美味《おい》しいですよ」

「――いや、だから受けませ……「使用人の雇用契約内容はこちらがベースですが、本命は護衛依頼なので融通もしますし上乗せもいたします」

そう言いながらぺらっと裏返された紙に書かれた金額は……。

「分かりましたお受けします」

流石名家な気前のいい雇用条件と報酬に手のひらをくるりと返して俺はあっさり即落ちした。魔力の籠《こ》もったインクをつけたペンで、契約書にサインをしながらマシューさんに尋ねる。

「結局、どうなれば依頼終了なんですかこれ？」

「ダリウス様が落ち着いた頃にこの事をお伝えしますので、それまで」

とりあえずということで、俺は二年契約、場合によっては早期終了及び期間延長の特約をつけて契約し、ヴァレイン家で働くことになったのだった。

暗殺者ギルドからは「魔法騎士ダリウス・ヴァレインほどの実力者が標的なので一筋縄ではいかない。屋敷に使用人として暗殺者を潜り込ませるため、時間がかかるがそれでもよければ引き受ける」とヴァレイン本家に連絡してもらい、俺は正式に達成予定のない暗殺依頼を受けた。通常ならば暗殺者ギルドの依頼などは犯罪にあたるので受けないのだが、今回は特例でうちのギルマスが承認をした。だから何か俺に変な疑いがかかった時はギルマスやマシューさんが俺の無実を証明したりなんだりするのである。

そうしてヴァレイン家に勤め始めてから、暗殺者ギルドの男が言っていたとおり、本家からは時々ギルドとは別口で雇った暗殺者が定期的に送り込まれてきていたが、雑魚《ざこ》ばかりなので俺でも難なく撃退できていた。そいつらをこっそり倒して引き渡してお小遣いを貰《もら》いつつ、「魔法騎士ほどの実力者にこんな雑魚を送ってくるな。連携すらできないほど弱い。黙って見ていられないなら手を引くぞ」といった風に暗殺者ギルドが依頼主であるヴァレインの本家を脅すということを繰り返していたんだけど、隣国との小競り合いは収まらずダリウス様はずっと忙しいままで……結局俺は一年半このお屋敷で働いていた。

――そして今に至る、というわけだ。

3. お暇《いとま》させていただきます

「ロバート？　もう一度聞くぞ。どういうことだ」

じわじわ力を込めないで！　頭がみしみし言ってる！　痛い！

「い、いや……俺は確かにダリウス様の暗殺依頼を受けていたんですがね、それはあくまでフェイクでマシューさんからの依頼を引き受けている傭兵ギルドの人間でいわゆる二重間諜《スパイ》的な身分でありましてね」

俺は涙目になりながらダリウス様に訴えたが、ダリウス様は訝《いぶか》しげに片眉《かたまゆ》を上げている。

「……取《と》り敢《あ》えずお前の話だけで無罪放免とはいかん。マシューから受けている依頼とやらの方がフェイクかもしれないからな」

そう言って気絶している暗殺者を蹴《け》り飛ばすダリウス様。念入りに拘束されているそいつは綺麗に転がり、壁にぶつかって止まった。

「あいつと一緒に地下牢《ちかろう》はさすがに不憫《ふびん》だから、今日のところはこの部屋に閉じ込めさせてもらって明日の朝一で一緒に騎士団に連れていく。マシューと傭兵《ようへい》ギルドのマスター両方からの確認が取れたらちゃんと引き取ってやるから」

「わぁー！　詰所は勘弁してください‼」

はいはい、といった感じで声の調子は普段とそんなに変わらないが、やってる動作は捕り物のそれだ。押し倒されて押さえつけられ、どんどん拘束されていく。

「さっきから何でそんな縄とか拘束具が次々出てくるんですか！　一体どこから!?」

「敵兵や犯罪者を捕まえるために必要だから、空間収納で常に持ち歩いている」

騎士団に連れていく訳だし常に魔法で拘束しておくわけにもいかないからなと言われ、また詰所は嫌だとわめき訴えると、ダリウス様がぴたりと手を止めて眉を寄せる。

「何故《なぜ》そこまで嫌がる。お前、やっぱり何か後ろ暗いことがあるのでは」

「……ありません、ありませんよっ！　普通に考えてくださいよ。悪いことしてないのに騎士団の詰所なんて普通みんな嫌がりますから！　……ちなみにマシューさんどれくらいで帰って来るんですか？」

「早ければ今日の夜、遅ければ三日後くらいだ。そんなに長くないだろう」

いやいや長いよ三日は！

詰所は不味《まず》い。牢屋《ろうや》に入れられるときに身体検査されるし身に着けているものが没収されてしまう。

詰所は不味い。

パニックになっている間に、迷いのない手付きで手を縛られ、足にはトイレに行けるくらいの長さの鎖がついた枷《かせ》がつけられていた。

俺を縛り終えたダリウス様は、こいつを地下牢に放り込むついでに取り敢えず食事を持ってくるから待ってろと言って、暗殺者を荷物のように抱えて部屋を出て行く。夕方ではあるけれど食事の時間には少し早くない？　あ、でも俺今日さっきまでセックスしてたから昼食べてない。ほらやっぱ痩《や》せたのそのせいじゃないか？

　とにかく今のうちに手首を縛る縄の感じを確かめよう。あぐらを組んで手足に顔を近付け、足枷の構造を確かめる。あんまり痛くならないようにということだろうか、手も足もハンカチを間にかませてくれている。何だろうこの微妙な気遣いは。優しいといえば優しいんだけど。

　うーん、何とか外せそうかな。

　夜の間に逃げて、そのままちょっと逃げ回って。マシューさんが戻ってきたら俺も戻ってこよう。そうすれば詰所には行かなくてもよくなるはず。よし、それでいこう。

「悪いが拘束は解けないからな。食べさせてやるからこれを食え」

　そんな雑な段取りを立てていると、ダリウス様が戻ってきて、肉と野菜がきれいに挟まれたサンドイッチを俺の口元に差し出す。

　作りたてかな？　まだ温かいみたいだし美味しそう。そう思って齧《かじ》ろうとした瞬間、焼かれたパンの匂いが鼻を掠《かす》め、なんだかムカムカと、何とも言えない気持ち悪さがこみ上げる。最近時々こういうことがあるんだよな。

「……どうした」

「……何だろう？　ちょっと気持ち悪くて。……すみませんが先にお水をいただいてもいいですか？」

「ああ」

　水を飲ませてもらった後は特に問題なく食べられた。美味かったがせっかく温かいのを出してもらったのに冷めてしまったのを少し残念に思う。

給餌《きゅうじ》のような食事が終わると、ダリウス様は「大人しくしているんだぞ」と言って、再び部屋を出ていった。

——さて。

何だかんだ言ってダリウス様は身につけていたものを取り上げることはしなかったし、詰所の牢屋に入れる気はあるが、屋敷の地下牢に入れる気はないようだ。念のため確認は取るが、本気で俺が自分を殺そうとしていたとはあまり思っていないのだろう。拘束も本格的ではあるけどガチではない。

これならまあ、とまず手を縛っている縄を解いていき、手が自由になったところで足枷を外していく。足枷は割とシンプルな作りだったので、何とか俺でも力業でいけそうだと、細い髪留めを鍵穴《かぎあな》に突っ込む。

「——いッ……固っ！」

髪留めを犠牲に足枷を半分壊すような形で外し、俺は少しだけ考えてから拘束具と一緒に、ペンダントも外してベッドの上に置いた。ちょっと無理な外し方をして傷んだ手を握ったり揉《も》んだりしながら、自分に宛《あて》がわれている部屋にこっそり向かい、荷物をまとめる。孤児だし元々大した持ち物もないのであっという間に荷造りは済んだけれど、屋敷を出るともう夕方もほぼ終わりかけて夜に差し掛かっていた。

少し離れた場所で屋敷に向かって一礼し、ギルドの方へと歩いていくと段々夜が深くなっていくのを追いかけるように、ぽつぽつと灯《あか》りが点《とも》り始めていて、俺もそれに追われるかのように歩を進める。

夜の町が目を醒《さ》ましていく中、ギルドへの通り道にある食堂から料理を作る匂いが辺りに漂ってくる。いつもなら食欲をそそられるはずのそれが何だか……またちょっとムカムカする？　と思った瞬間、俺は突然強烈な吐き気に襲われ、口元を押さえて立ち止まってしまった。

え、何、気持ち悪。最近のこれ何？　病気？

いつもよりキツいそれに少し焦る。けどすぐにそれは治まって、いつものムカムカ程度になる。それと一緒に頭も冷静になっていく。

病気。いや……。

食欲が減って、定期的に起こる吐き気。

——まさかね。

急に立ち止まった俺を、通り掛かりの人間が不審そうに見ている。このままだと目立つなと、気持ち悪さの原因である匂いが流れて来ない方の建物に移動し、壁にもたれかかった。

いやいやまさか。

でも、もしかして。

あー……うん。もしかすると。

確定ではないけれど心当たりは十二分にあるし、その心当たりが原因なら、可能性は高い。あの馬鹿暗殺者の件がなくてもここらが潮時だったということなのかも。何てタイミングなんだろう。

そう結論づけて自分の中で完結させた俺は、少し残った吐き気が治まるのを待ちながら、今後どうするかを考えていた。マシになったかなというところで急ぎ足でギルドに向かい、ギルマスの部屋の扉を力強く開いて、開口一番叫んだ。

「マスター、俺の貯金全部出して！　あと貸金庫も開けて欲しい！」

「こんな夜に全額!?　何でまたお前……ヴァレイン家は？」

まあ当然そうなるよね。俺がギルマスの立場でもそう思うわ。

「お馬鹿な暗殺者が俺のこと暗殺者だってダリウス様に言っちゃったんだよ」

そう前置きして俺はギルマスに事の次第を説明し始めた。

「どんどん送り込まれている奴《やつ》の質が落ちてたし、俺も気ぃ抜いちゃってて。疑われちゃったんだけど事情を知ってる依頼主のマシューさんがいなくってさ……。騎士団の詰所に連れてくからって部屋に閉じ込められてたんだけど、詰所は嫌だから俺はこのままほとぼりが冷めるまで逃げようかなと」

「それが何で逃げるに繋《つな》がるんだ」

「牢屋に入れられるのなんて嫌に決まってる」

俺は力一杯主張した。無実なんだったらいいじゃないかちょっとくらい、と宿に泊まるみたいなノリでダリウス様もギルマスも言うけど、それはある程度地位なんかがある人間だから言える話だ。俺みたいな庶民、しかも孤児が犯罪者の疑いを掛けられて牢屋に入れられるのとは訳が違う。身ぐるみを剝《は》がされるだけでは済まない。そう説明するとそういうもんかとちょっと考え込んでいた。

この人、荒くれ者の多いこのギルドのマスターでこんなだけど、確か元はそこそこの家の三男とかそんな感じだったらしい。だからか案外下の方の人間の扱われ方を知らない。まあ俺が詰所に行きたくないのはそこがメインじゃないんだけど。

「いやしかしそんな焦ってお前、本当に犯罪かなんかやらかしてねーだろうな……」

「するわけないしそんな暇もないし。使用人生活、結構忙しくて人目があるから訓練時間を見つけるのすら苦労してたのに」

「ならいいんだが……取り敢えず、貸金庫は開けてやるが、お前の貯金は結構な額だから今は無理だ。明日の朝だ朝」

「嘘《うそ》だね。もう受付で報酬支払い締め切ってたし、前に無理矢理受付業務手伝わされたから、ギルマス管理の手持ち現金の額ぐらい知ってる。俺の貯金ぐらい全然問題ないよね？」

指でトントンと机を叩《たた》くと、チッと舌打ちするギルマス。これは俺を引き留める時間稼ぎしようとしてたな？　目を細めるとバツが悪そうにしている。

「いや、だってな……。俺から魔法騎士様に説明してやりゃ済む話だろうがよ」

「ダリウス様はギルマスとマシューさんの両方の確認が取れたらって言ってたから片方だけじゃ駄目だ」

だからほら早く早く！

何か言いたげなギルマスを急《せ》かして金を出させ、貸金庫を開けてもらう。とは言っても貸金庫の中に入っているものは一つだけだ。

「お前、それもう一個あったのか」

「うん。これも一緒に捨てられてたんだよ」

それを聞いたギルマスは何とも言えない表情をして机に俺の貯金分の金を並べていく。

この一年半で相当貯まったなぁとちょっと感動。それを鞄《かばん》に詰め込んでギルマスに礼を言い、部屋を出ようとすると「お前、魔法騎士様とマシューにちゃんと話しろよ」と真剣な顔でギルマスが言う。何か感じるものでもあったのかな。さすがにいい勘してる。ただ俺は、その言葉にはっきりした答えは返さずに頭を下げて部屋を後にした。

4．心機一転 没個性

ギルドで金を下ろしたその足で、ほとぼり冷めるまでの安宿に……ではなく。

「本当にいいのかい？　あんたの見た目でそんなに髪の毛短くしちまったらだいぶ幼くなっちまうよ」

「大丈夫大丈夫。だから頼むよ」

俺は花町の髪結いの店を尋ねた。店はちょうど客である踊り子などが仕事に出て捌《さば》けたところで、手が空いていたからか、飛び入り客でも快く対応してくれている。ありがたい。

「ところで安くても全然いいからさ。俺の髪、ちょっと値段ついたりしない？」

髪結いのおば……姐《あね》さんは俺の髪を手で掬《すく》ってじっと観て、ぱらぱらと落とすという作業を繰り返した。

「そうさね……長さはギリギリかねぇ。綺麗《きれい》に手入れしているし、癖がないから……大した額ではないけど、ほんとに気持ち程度でいいなら出せるよ」

「じゃあよろしくお願いします」

やった。

やっぱいいもの食って香油とかも普通に使わせて貰《もら》えてたからかな。雀の涙ではあるが、値が付いた。

交渉が成立したところで、ほんの少しだけハサミの冷たさを感じ、じゃきりじゃきりと音が響いた。バッサリと切った髪は丁寧に箱に入れられ、残った髪がハサミや剃刀《かみそり》で整えられて、はらはらと床に落ちていく。

それにしてもこんなに短くするのなんて久し振り。ヴァレイン家に勤める前にちょっと伸びたからそろそろ切ろうと思っていた髪は勤め始めてそのまま伸ばした。だから伸びた髪はヴァレイン家に勤めた期間を示すものでもある。

何かちょっと変な感じ。

思いに耽《ふけ》っていると、髪はあっという間に切り終わった。髪結いの姐さんに礼を言い、俺は一旦《いったん》今日の寝床の確保のために宿へと向かう。

襟足がなくなって首がすーすーして心もとない気がするのは、久し振りに髪を短くしたからなのか、自分がオメガだと分かったからなのか。

落ち着いたら念のため、恰好《かっこう》やアクセサリーを考えた方がいいなと、髪の毛がなくなった項《うなじ》を確かめる。俺は街を歩きながら、刈り上げた後頭部から項にかけての、ちくちくさりさりとした感触を少しぼんやりとした気持ちで撫《な》で続けていた。

——さて。

宿で朝を迎えた俺は、改めて荷造りをし直し、鏡の前に立った。

昨日の夜、貸金庫から取り出したもの——ヴァレインの屋敷に置いて来たものと同じペンダントを身に着けて自分の姿を眺める。

髪は切った。

ヴァレイン家に勤め始めてから毎日顔に描いていたそばかすも消した。

いかにもいいところの使用人っぽかった服装も庶民の地味なものに変えた。

鏡を見れば、どう見てもその辺に、どこにでもいるただの青年だ。

——よし、じゃあ消えるか！

仕上がりに納得して頷《うなず》いた俺は宿を出て歩き出し、町の風景にそのまま溶け込んでいった。


バース性のうち、オメガについては永らく孕《はら》む・産む・発情期といった特性から蔑《さげす》まれ、酷《ひど》い扱いや差別を受けてきた。それが変わり始めたのは今から二百年程前。国難を救った大魔法使いがオメガであったこと、オメガ差別や扱いの改善に尽力し、その大魔法使いと番《つが》った英雄主導で法等が整備されたこと、発情期を抑える薬が改良されて安価に手に入るようになり、殆《ほとん》どの発情期が薬で抑えられるようになったことなどから、この国でオメガ差別は殆どなくなった。

それにはどう足掻《あが》いたところでアルファはオメガの胎《はら》からしか生まれないから、オメガの減少＝《イコール》アルファの減少だという打算も含まれている。

そして、この世の中の人間はこのバース性とは別に更に三種類に区別される。まず魔力があって魔法が使える人間。

これはたくさんいる人間の中でも選ばれしもの、エリート層だ。魔力を変換して魔法を使えるようにする器官が体の中にあると言われていて、ダリウス様はアルファな上にこれに当たる。

次に魔力はあるが魔法が使えない人間。

これは世の中の大多数を占める人間がいる層に当たり、持っている魔力量に差はあれど、普通の人間だ。

……そして、魔法が使える一握りのエリート層と同じ割合しかいないのが魔力のない人間、これは出来損ないであるということで差別を受ける層だ。数だけは少ないんだけど価値がない。

一見魔力があろうがなかろうが魔法が使えないのであれば同じではと思うかもしれないが、両者には大きな隔たりがある。この世の中には〝魔道具〟というものが生活に根付いている。そして魔道具は〝魔〟という言葉が示す通り、魔力がないと使えないのだ。

俺は魔力なしの上、多分出来損ないのオメガだ。確定ではないけど可能性は高い。

この可能性により俺は人より気を付けないといけなくて、生きづらいんだということは、育った孤児院でしっかりと教えられた。だから魔力がないことはずっと隠して生きている。

俺が魔力なしだということを誤魔化《ごまか》してくれていたのは、捨てられた時に一緒に置かれていた二つのペンダント型魔道具。これは特注品《オーダーメイド》で一見魔道具に見えないように作られていて、ご丁寧に俺が所有者の魔法まで掛けられているらしい。周囲に漂う魔力を取り込んで貯められる仕組みで、本来は魔力が尽きた時の非常用に使うものだ。貯められる魔力は少しだけど、それでもあるのとないのでは天と地の差、ごく少量でも魔力があるのと全く魔力がないのでは生きやすさが全然違う。

この魔道具のお陰で多少は他の魔道具を使うこともでき、魔力探知なども誤魔化すことができた俺は、魔力なしだとは最低限の人間にしか知られずに今まで何とか生きてこられた。このペンダント型魔道具は決して安いものではない。それを二つも添えて孤児院の前に捨てたということは、捨てた親なりに俺が生きていくことを考えてくれたのだと思っている。

だから俺は魔力なしのオメガであろうと一生懸命生きるだけだ。

魔力がないことに加えて俺は、通常バース性が判明し始める頃に受けた検査でベータかオメガか判明しなかった。一回目の検査と再検査は国が無償で行ってくれるが、その後の検査は自費で医者に行くしかない。魔力なしにとって医者探しは案外難しい問題で、腕は確かでも魔力なしを診《み》てくれないことも多いという。

魔力がちゃんとあるオメガは数も少なくとても大切にされるが、魔力がない、ないに等しいくらい少ないオメガは子を産ませても子に魔力がない可能性があるからと、まともな結婚がしづらい。けれどオメガを孕み腹に使いたい、ただ単に試してみたいという一定数の下種《げす》や何かの実験に使いたいような奴にはかなりの値で売れる。だから差別意識がある程度ならまだマシで、悪徳な医者にあたると親切ごかしして診察し、診察中に眠らされてそのまま売られたりといったこともあり得ない話ではない。数が少ないから目立たないだけでそういうオメガがいるのが現実なのである。

以前は孤児院の頃から俺を診てくれていた医者がいた。途中で大先生が亡くなって若先生に変わったが、どちらもとてもいい人だった。ただ若先生は家の事情で二年ほど前に田舎《いなか》に帰ってしまい、しかもそのあと俺がヴァレイン家に勤め始めたのもあって新しい医者探しが億劫《おっくう》でそのうちそのうち……とずるずるバース検査を受けなかったツケがこれ、というわけだ。成人しても結局匂いを感じることも出来ないし発情期もないし、少し痩《や》せ型ではあるが筋肉も背もそこそこあって、オメガらしさはない。セックスで後ろも濡《ぬ》れなかったから、ベータもしくはオメガだったとしても欠陥品のオメガで、バース性についてはあんまり気にせず生きて行けると思ってたんだけど……。

まあでも相変わらず匂いは感じないわけだし、産後に薬さえ飲めば多分支障はないと思うけど。

確定ではないけど一応ダリウス様とマシューさんには言ってみるべきかなと悩んだ。でも騙《だま》すつもりはなかったとはいえ結果だけ見れば、ベータだと思っていた人間が実は魔力なしのオメガで孕んでいました、なんていい気はしないだろう。そもそも主人が女嫌いオメガ嫌いになったのはお家のごたごたが原因で、更にそれを利用して子どもは作らないアピールをしているのだ。そんなアピールをしている今でさえ本人が命を狙われている状態なのに、子どもができたなんて知れたらどうなることやら。

……多分ダリウス様は堕《お》ろせとは言わないと思うし責任を取ろうとはしてくれるだろう。でもこの国もヴァレイン家もきな臭い状況下で、下手《へた》に囲われたらむしろ子どもが狙われる可能性の方が高いかもしれない。それは嫌だ。

色々思うところはあるが、ただ一つ確かなのは俺の中に産まないという選択肢はないということ。

万が一生まれた子が魔力なしだったとしても俺は普通のオメガと違って、色々なオメガの特徴がない代わりに腕もそれなりだし、貯金もある。

無事に産めさえすれば、どうにかなるだろう。

「……にしても男のオメガって子どもに自分のこと何て呼ばせてるんだ？　お母さんか？」

いやぁ～……しっくりこないなあ……。

ま、ひとり親ならお父さんでいっか。

……ちょっと苦労はするかもしれないけどさ……もしそこにいるんなら、大事にするから元気で産まれてくれな？

そう心の中で話しかけてみた俺は薄い下っ腹をそうっと撫でて、安い駅馬車に乗り込んだのだった。

5．私と使用人だったあいつの馴《な》れ初《そ》めについて(ダリウス視点)

私と、私の屋敷に勤める使用人であるロバートとの関係が始まったのは、遠征から帰ってきた時の事だった。

戦い明けで気が立っていた自覚はある。

普段なら執事のマシューが真っ先に私を出迎えて様々な差配をするのだが、丁度その時ヴァレインの本家から呼び出されて屋敷を不在にしていたのも私の苛立《いらだ》ちの原因の一つだった。普段ならば完璧《かんぺき》に抑えている魔力も威圧も抑えていられなかったため、皆怖がって近付くことが出来ないのも仕方がなかった。そう思って部屋に籠《こ》もろうと考えていた私に、一人の若い使用人が臆《おく》する事なく声を掛けてきた。

それが始まりだった。

最初こそ無理矢理引っ張り込んで行為に及んだものの、さしたる抵抗もせず初めてだというのに……いや、初めてだからか？　未知の快楽にあっさりと流され始め、愛撫《あいぶ》にしっかり反応していた。挿入するときついながらも、アルファらしく私のそれなりに大きいものを何とか飲み込み蕩《とろ》ける。地味で痩せてはいるが、野生の鹿のようなしなやかな筋肉がついていて、鍛えていることが窺《うかが》えた。壊してはいけないという理性は何とか働いていた。全力で穿《うが》ちたいという衝動は抑えつつ快楽を拾えるように丁寧に抱いた。

女もオメガも好まない私は、自分でも難儀だと思う。いつもはギリギリまで耐えて、事務的に男《だん》娼《しょう》などで処理をする。よく言えば医者に行くのと同じような感覚で、悪く言えば用を足すのと変わらない感覚で厭々《いやいや》だったので、正直煩わしい性欲なぞなくなればいいのにと本気で思っていた。

だが、ロバートは何かが違った。

いくら気が立っていたからとはいえ、きらきらしい女やオメガが好きではないとはいえ、さすがにこんな普通の使用人を無理矢理引っ張り込んで事に及ぶなんて。

行為が終わった後は清々《すがすが》しいというか何と言うか……体の隅々も、心の底からも充足感に満たされているようで未《いま》だかつてない感覚だった。この正体は一体何なのだろうと考えながら後始末を済ませ、ぐったりしているロバートに申し訳ない事をしたと介抱していると、誰かから報告を受けたのか、本家から帰ってきたマシューが部屋に殴り込んできた。

すっきりはしたが遠征明けの疲れが取れているわけではないので、そんな矢継ぎ早に言われても頭が働かないからな。私が悪い。全面的に私が悪いのだが、具合の悪い人間の横で金切り声をあげるのはよくない。

頭を抱えるマシューを宥《なだ》めつつ、考える。

明確な拒否はなかったが、物理的にも上から押さえつけていたし、主人と使用人という関係上断れはしないだろう。どういう形を望むのかは分からないが責任は取ろう。そう思っていたのだが——。

「責任は取らなくていいです。……むしろ何かすみません」

犯された本人がそんな事を言い出す始末。しかも手当をくれたらそれでいい、と。

どう考えても悪いのは私なのだが。何でそうなると思わず返せば、自分みたいなのを引っ張り込んで性欲処理するような方には言われたくないと少しだけ不機嫌そうにする。だがそれも束の間で、ほわっとした締まりのない笑みを零《こぼ》してこんなことを言い始めた。

「正直俺、見た目もこんなだし魔力も少ないし甲斐性《かいしょう》もないし。嫁さんももらうことはないだろうから、前も後ろも経験ないまま死ぬ可能性があったことを考えれば、別にいいかなって。確かに無理矢理引っ張り込まれましたけど、優しかったしとても気持ちよかったですよ」

本気で言っているのを見るに、少し変わっている。どうやらマシューも毒気を抜かれたようだ。何度もマシューが確認するものの、本人は大丈夫だから手当をくれの一点張り。話をうち切ろうとしながら起き上がったものの、辛《つら》そうにしているので無理に起きなくていいと再び横にさせた。

「望むのなら手当はもちろん出すが……無体を働いて済まなかった。食事などはここに運ぶから、ゆっくり休んでくれ」

「いやぁ～……明らかにピリピリしてるダリウス様に近付いたのは俺ですからね。俺の考えはさっき言ったとおりなんで、本当にお気になさらず」

魔力が少ないからか鈍いからか、魔力のある人間の威圧などが感じにくいのだという。

「不用意に近付いてすみません」

そう言ってまた締まりのない顔で笑った。

「悪いのはこちらだから謝るな。休んでいろ」

何度か繰り返してようやくもぞもぞと布団に入り、寝る体勢に入ったので私とマシューは部屋を後にした。

「せめて手当は花街に行ったのと同等をつけてやってくれ」

「言われなくても。では誰かにロバートの世話を頼み……」「私がする」

驚いて目を瞬《しばたた》かせているマシューに私はもう一度、「私がするから」と食事や風呂《ふろ》などの諸々《もろもろ》の差配だけを頼んだ。

それ以降、遠征や長期の戦闘はなかったものの、隣国との関係は改善せず、突発的に小競り合いが起きるという程度の膠着状態《こうちゃくじょうたい》に陥っていた。取《と》り敢《あ》えずは駆り出されても短期単発であるため屋敷にいる時間が増え、私はロバートを自然と気にして目で追うようになった。

顔貌《かおかたち》はよくも悪くもない。鼻から頬にかけてそばかすがあり、明るくも暗くもない茶色の目をしている。後ろで結んだ伸ばしかけの茶髪を含めても全体的に地味な印象である。勤務態度は真面目《まじめ》で勤勉、明るくてするりと場に溶け込むのが得意なようだ。

身体的特徴や機能から考えると典型的なベータの男で、魔力は本人の申告通りかなり少ない。なので魔力を大量に使用する魔道具は使えないようだが、その分鍛えていることが窺えた通り、細い割に力も体力もあり、手先も器用。それを生かして出来ることは何でもてきぱきとこなしていて総合的に優秀と言える。あんな事の後でもそれを全くおくびにも出さず、私への態度も主人と使用人の態度のままなのも使用人としては満点なのだろう。

私はそれが何となく面白くなかった。

だが、その時……この気持ちの正体にすぐに気付くような経験が私にはなかったのだ。

「ダリウス様、何かご用でしょうか？」

他に人がいない時を見計らってロバートを部屋に呼び、あれから体は大丈夫かと尋ねると、目をぱちぱちさせて「大丈夫ですよ」と言って緩く笑う。全体的に地味で印象には残りにくいが、この緩い笑みは印象に残るなと思った。

「でも気が立ってたとはいえ、こんなその辺にいるような普通の男を引っ張り込んじゃ駄目ですよ。俺は別にいいですけど、オメガでもない普通の男なら、基本は突っ込む側です」

説教なのか何なのか、何だか焦点のずれた発言をしていて思わず私は笑った。

「普段そんな事はしない、あんな事をしたのはお前が初めてだ、すまなかった」

謝罪から始まり、私は思わず、義母やら何やらがのこともあり、きらきらしい女やオメガが好きではないなどと、言い訳めいたことを言ってしまった。

「はぁ……大変ですね。でもそういうのって多分、自分ではどうしようもないですもんね。ん……あれ？　もしかして……ひょっとして今、俺そういう意味で呼ばれてます？」

「は？」

ああ、変なことを言ったから誤解させてしまったと思いきや。

「別にいいですけど」

「…………何故《なぜ》」

――いいのか……？　本当に変わってるな。

「先日も言いましたけど、前も後ろも経験ないままの可能性もあったし、ダリウス様のものがご立派だったんであんな感じになりましたけど……優しくしていただいたと思いますし実際気持ちよかったですしお手当も過分なほどにいただきましたし……だから——あれ？　違いました？」

「——……違わない」

本当は違っていたはずなのだが、違わない。私は首を傾《かし》げるロバートの手を引いて腕の中に収める。

次の日の朝、マシューにロバートにまた手当をやってくれないかと頼むと、何やってるんですか！　と心底冷たい目で呆《あき》れられたのだった。

それからというもの、私は定期的にロバートを抱くようになった。

ロバートは明るく飄々《ひょうひょう》としていて、体力があり快楽に弱い。教えたことはいい反応を返して素直に覚えていき、私は無知を自分の手で染め上げて囲うという快感を堪能していた。ただ、諸々の事情によりはっきりと気持ちを伝えて公然と囲うわけにもいかず、かといって遠回しな表現では伝わらない。ロバートを抱くことによって身体的には充実していたが、心情的にはすっきりとしない日々が続いていた。

「いや、本当に何やってるんですか？　ロバートは確かに嫌がってないですしダリウス様に絆《ほだ》され……いや懐いて？　というか刷り込みですかね……。とにかく、彼の中で貴方《あなた》は、『気持ちいいことをしてお金をくれる優しいご主人様』みたいになっていて、貞操観念が危うい感じになってますよ。

何も知らない若者がそんな状態になっていっていることに良心の呵責《かしゃく》を感じるのですが……」

私としてもそこを是正したいのはやまやまなのだが、流石《さすが》にベータの男を伴侶《はんりょ》にする心づもりとなると誰も味方がおらず、そういう関係の者がいることを匂わせるのすら恐らく危ない。今でさえ陛下にも殿下にも子を作るだけの契約婚、どうしても嫌なら子を産む役割だけのオメガを見繕ってもいいと言われている。ヴァレイン家に意外と力があることと、私と義母、異母兄の確執があるから今のところ強く言ってこないだけだとマシューには説明した。

「下手《へた》にロバートの事を察知されれば王命で排除されるかもしれないし、もしくはロバートのことを条件に、何処《どこ》かのオメガと子を作ることを承諾しろと言われるかもしれない」

「確かに……その条件を呑《の》むようには言われそうですね」

出来る限りそれはしたくない。もしそうなったとすれば子を生むオメガと生まれた子は義母と異母兄と同じ、ロバートは私の母と同じ立場になる。今のヴァレイン家の二の舞になるのは目に見えている。

「お気持ちは、分かります……でもロバートだってあんな感じではありますが、普通の成人男性でい い子です。結婚しないだろうなんて言ってはいたものの、誰かと結ばれたりするかもしれませんし、急に辞めていなくなってしまう可能性だって当然あります。ダリウス様のお気持ちはきちんと説明しておいた方がよいと、私は思いますよ」

「分かっている」

マシューの言う事はもっともで、その時の私はそれを十分理解しているつもりだった。だがその時の私が本当の意味でマシューの言う事を理解できていなかったのに気付いたのは、ロバートが消えてしまった後の事だったのだ。

6．現物確認は基本（ダリウス視点）

その日はマシューがヴァレインの本家に呼ばれて不在にしていて、私はロバートを部屋に引っ張り込んでいた。

途中、少し上の空になっているのを面白くないと甘噛《あまが》みすると、あまり色気のない声を出してびくりと跳ねる。意識がこちらに向いたことに満足してゆるゆると腰を動かす私の動きに合わせて無意識に腰を揺らすのを見て私は重ねて満足した。だが。

よくよく見れば、元々痩《や》せてはいたが以前より少し肉付きが悪くなっている。腹にしても無駄な肉がないというかなさすぎる。もっと食べさせてやらないといけない……いや……今日は昼間から引っ張り込んだからロバートは恐らく食事をしていないな。私のせいか。

取り敢えず今は無理だ。これが終わったら料理人に何か作って貰《もら》って食べさせることにしよう。

そう考えながら深く刺さったものを入り口近くまで引き、一気に貫く。穿つものは弱い所を全て抉《えぐ》りながら行き止まりにぶつかる。もっともっと奥まで入り込みたいという衝動は抑えつつ、それでも刻みつけるように穿つことは止められない。これをするとロバートも自分の意識の外で、声もなく盛大に跳ねて達する。

そのままにしてしまうと本来入ってはいけない奥まで入ってしまう可能性があるので、いつも腰や腕を押さえつける形になってしまう。ゆえにロバートの体には私の指の形の痣《あざ》が無数にある。それは少々痛々しいが、それ以上にこの男が私のものだという証《あかし》のようでもあり、ほの昏《ぐら》い悦《よろこ》びを満たしていた。

「ダ、リウスさ、まぁっ……あっんんっ！　ゃ、俺お、れッ、またっ……！」

「ッ……イけ。私、も」

「あ、あぁぁ――……！」

私のシャツの裾《すそ》を握り締めて達したロバートは、びくびくと震えながら私のものを締め上げる。私も中で果てるとそれだけでロバートは小さく声を零し再び達していた。

全てを出し終え引き抜くと、出したものがどろりと溢《あふ》れる。息を整えながら絶頂から降りてこようとしている間に、汚れた身体《からだ》やシーツなどの後始末を魔法で済ませ、食事を頼んでこようと自分も身綺麗《ぎれい》にしていく。その間に気付いたロバートは起き上がろうとして自分ですると主張したが、それは無視して水を渡し、飲んだのを見計らって服を着せ、あまり癖のない猫毛を整えるように梳《す》いた。

何か言いたそうにはしていたが、まだぼんやりしているのでその隙に全てを済ませる。ベッドに寝転がって休んでいる隣に腰掛けると、最近の情勢についてロバートが質問してきたのでそれに対して返答をしていると、近付いてくる殺気を感じた。

刺客か？

行為で注意力が途切れた所を狙って上手《うま》く近付いたようだが……。

「ダリウス様っ！」

ロバートと話している間にじわじわ近づいてきた刺客は、真《ま》っ直《す》ぐに私を狙っていた。捻《ひね》りがないなど捕らえるために捕縛魔法《ホールド》を使ったと同時に、ロバートがサイドテーブルの上にあった果物ナイフを刺客に向かって投げた。

迷いのない動きで投げられたナイフは見事刺客の手に刺さり、武器を取り落とさせる。私は痛みに呻《うめ》く刺客を拘束しながら、明らかに訓練を受けている玄人の動きだったロバートの投擲《とうてき》について尋ねようと考えていたその時。

「──っぐ、あ……痛っ──くそっ！　お前……お前だろ!?　暗殺者ギルドから依頼を受けて潜り込んでいるって奴《やつ》は！　何で俺を攻撃するんだちゃんと協力しろ!!」

「……は？」

暗殺者ギルドから依頼を受けて潜り込んでいる？

途端、ロバートがこれ程までに素早く動けたのかというくらい素早く動き、私が拘束する暗殺者の首に手刀を入れて昏倒《こんとう》させた。私は条件反射的にロバートの頭を摑《つか》んで捕らえ、じとりと睨《にら》む。

「……ロバート？　どういう事だ」

「ええっと……」

いつものように緩く笑って誤魔化《ごまか》そうとするがそうは問屋が卸さない。

「ロバート？　もう一度聞くぞ。どういう事だ」

手に少しだけ力を込めるとロバートは痛いと涙目になりながら話し始めた。

「い、いや……俺は確かにダリウス様の暗殺依頼を受けていたんですがね、それはあくまでフェイクでマシューさんからの依頼を引き受けている傭兵《ようへい》ギルドの人間でいわゆる二重間諜《スパイ》的な身分でありましてね」

何だそれは。

何がどうなってそんな訳の分からん事態になる。

「……取り敢えずお前の話だけで無罪放免とはいかん。マシューから受けている依頼とやらの方がフェイクかもしれないからな」

言っていることは恐らく嘘《うそ》ではないのだろうが、マシューに確認が取れない状態で「はいそうですか」と野放しにするわけにもいかないし、騎士団に引き渡したあと、この刺客がロバートの事を〝暗殺者ギルドから依頼を受けて私の暗殺を目論《もくろ》んでいる者〟だと自供してしまえば、ロバートは容疑者として捕まえられてしまう。

私は忌々しい気持ちで拘束の済んだ刺客を八つ当たり気味に蹴《け》って壁際まで転がした。しかもこいつには私とロバートに体の関係があるところを見られている。それを考えると下手に庇《かば》い立《だ》てして私がベータの男を囲っている、しかもその相手にうつつを抜かしていると判断されれば王や王太子の耳に入る可能性がある。事実がどうあれ、そうなればロバートは。

それならまだ私が直接引き渡し、騎士団長と魔法師団長に根回ししてマシューと傭兵ギルドのマスターから経緯を説明させた方が、刺客の自供を元に捕らえられるよりはまだマシだろう。

そう判断した私は詰所は勘弁してくれと喚《わめ》くロバートを押し倒して拘束した。拘束具で傷や痣が出来ないよう、家紋入りのハンカチを間にかませてきっちりと縛る。

それにしても……異常に詰所を嫌がり訴える様子は気になる。私は一度拘束する手を止めて尋ねた。

「何故そこまで嫌がる。お前、やっぱり何か後ろ暗いことがあるのでは」

「……ありません、ありませんよっ！　普通に考えてくださいよ。悪いことしてないのに騎士団の詰所なんて普通みんな嫌がりますから！」

千切《ちぎ》れんばかりに首を横に振りながらそう訴えるロバート。ちなみにマシューさんどれくらいで帰って来るんですか？　と聞くので、早ければ今日の夜、遅ければ三日後くらいだと教える。だからそんなに長くはない。

日数を聞いて納得したのかは分からないが、大人しくなったところで手を縛り、足には用を足しに行けるくらいの長さの鎖がついた枷《かせ》をつけ終えたところで思い出す。そうだ、そういえば食事を摂らせていなかった。刺客を地下牢《ちかろう》に放り込むついでに、取り敢《とあ》えずすぐに食べられるものを作って貰おうと私は刺客を抱えて部屋を出た。

地下牢に刺客を放り込み、厨房《ちゆうぼう》に向かって料理人にすぐに食べられるものを作ってくれと頼むと、夕食の材料で結構なボリュームのサンドイッチを作ってくれた。それを持って部屋に戻り、ロバートを拘束したまま手ずから食事を摂らせることにした。

ロバートは差し出されたサンドイッチをおずおず齧《かじ》ろうしたが、ぴたりと動きを止めてしまう。

「……どうした」

「……何だろう？　ちょっと気持ち悪くて。……すみませんが先にお水をいただいてもいいですか？」

「ああ」

大丈夫だろうかと少し心配になったが、水を飲ませた後は問題なく全て平らげる。私の手から直接食事を摂る様子は何だか少しくるな、と思う間に食事は終わった。

ともかく刺客が目を覚ましたら、騎士団に連れて行く前にある程度は話を聞き出しておきたい。ロバートはこのままで大丈夫だろう。浄化魔法も掛けてある。私は大人しくしているよう言い含めて部屋を後にした。

目を覚ました刺客を軽く尋問すると、こいつ自体は暗殺者ギルドから正式な依頼を受けているわけではなく、間に本家の使用人を挟んでヴァレイン本家から直接依頼を――恐らく義母により送り込まれてきている刺客のようだ。

兄も私をよくは思っていないだろうが、殺すなどという短絡的な真似《まね》に走りはしないし、やるとしたらもっと上手くやる。ロバートについては一年以上前に本家から出した暗殺者ギルドへ正式に出された依頼により潜伏している暗殺者らしいが、今まで直接依頼を受けた刺客が雑魚《ざこ》だから連携も出来ない、弱くて邪魔だとギルドを通じて怒っていたらしい。だから過去の奴らより腕の立つ自分が送り込まれたのだと吐いたが……いや……今までのを知らんが、お前も大概お粗末だと思うぞ。

私は騎士団長にどう根回しするかを考えつつ、刺客から話を聞き続け、時折魔力探知でロバートが変な動きをしていないか確認していた。ロバートの小さな魔力は部屋から動くことはなかったので安心していたし、刺客の尋問を終える頃にはもう夜中だったため、再度探知でロバートの魔力を確認し、その日はそのまま休んだ。

「何てことを……可哀相《かわいそう》に！　早く出してあげないと……！」

早朝に帰ってきたマシューに事の次第を説明すると、マシューは慌てふためいている。どうやらロバートの言う事は本当だったようだ。

「彼は貴方《あなた》様の護衛というか……こっそり潜り込んでくる本物の暗殺者を秘密裏に退治する依頼を受けて貰っていたのです。ヴァレイン本家から依頼を受けた暗殺者のフリをしてもらい、潜入して隙を窺《うかが》っているとギルドを通じて嘘の報告をしてもらっていたのですから！」

成る程。鍛えていたのと、あの投擲の精度はそういうことか。

「む……こそこそとそんな回りくどいことをするから誤解するんだろうが」

「そもそもは貴方が私の不在のときに使用人に手を出すからややこしくなるんでしょうがぁ！」

何でいつもいつも私が不在の時に……！　とぶつぶつバタバタとロバートを監禁している部屋にマシューが駆け上がる。

「ロバート！　申し訳ありませんでした！　……あれ？」

「いない……!?」

部屋のドアを思い切り開くと部屋はもぬけの殻だった。私は即座に魔力探知を行うが、魔力反応によるロバートの位置は確かにこの部屋を示している。

「あいつの魔力反応はあるが……」

「ダリウス様、これ……」

ロバートを閉じ込めていた部屋、そのベッドの上には、外された拘束具と、ロバートが親の形見だと言っていたペンダント──ロバートと同じ魔力の籠《こ》もったペンダント式の魔道具がぽつんと置かれていた。

7. 口にすればするほど（ダリウス視点）

「マスター！　ロバートは来てませんか⁉」

私はマシューとともに、ロバートが所属している傭兵ギルドを急ぎ尋ねた。受付で用件を伝えると荒々しい見た目に反して文官のようなシンプルな恰好《かっこう》をした男が奥からのっそり出てくる。

「ロバートなら昨日の夜に貯金と貸金庫の荷物出してどっか行ったぞ。騎士団に連れて行かれるのが嫌だから、ほとぼりが冷めるまで逃げるってさ。お前が来たら聞こうと思ってたんだ。ここでは何だから俺の部屋に」

案内された先は、質実剛健な雰囲気の部屋だった。飾り気も何もないソファーを示され座ると、ギルドマスターは目の前に座り、真剣な顔で話し始めた。

「本人が来たんならちょうどいいか……あんた……いや、失礼。ヴァレイン様は……いやもうめんどくせぇから普段通り喋《しゃべ》るぞ。あんたの事は、英雄だ何だって功績のほか、男色でオメガ嫌いの難儀な奴だって噂《うわさ》を俺は聞いたことあるが、もしかしてロバートと何かあったか？」

私が是と伝えると、マスターはあいつに手を出しちまったのかよと、思い切り顔を顰《しか》めた。

「あんた中々の趣味してんな……。それより何で詰所に連れてくなんて言ったんだよ。マシューが帰って来るまで屋敷に閉じ込めておいて、俺を呼び出しゃよかったじゃねえか」

「マシューがすぐ帰って来るかは未定だったし、あの刺客は引き渡して尋問されたらロバートの事を必ず喋る。私を取り巻く諸々《もろもろ》や立場上、庇《かば》って隠すと色々とややこしいことになるし、それなら私が口添えして最初から引き渡し、すぐ引き取った方がいいと判断した。下手《へた》に庇って刺客の尋問で存在を知られてから容疑者として捕縛されるのでは全く扱いが違う」

「それはそうかもしれんが」

それにしても何故《なぜ》ここまで嫌がって逃げたのか。

考えていると、何かを察したマスターが答えをくれた。

「俺も勘当されて今はこんなだが、大昔……元々はそれなりの家の出だ。無実なんだしちょっと詰所に泊まるくらい……と最初は思ってたんだがな、あいつが言うには自分は庶民で孤児だから、それなりの身分や立場がある人間が捕まった時のように丁重に扱ってはくれないんだと言っていた」

「……ましてや英雄扱いで騎士団で人気のあるダリウス様の暗殺疑いとなると……口添えをしておいたとしても丁重に扱われるかは微妙ですね」

かと言って、戻るつもりなら逃げてしまえばもっと疑われ、心証が悪くなる。何かあったのだろうか。

「……マスター、ロバートは貯金と貸金庫のものを持ち出したと言っていたな。いくら持ち出して何を持ち出していたか分かるか？」

「それ言っちゃいけねぇんだが」

本当は駄目だがまぁ……と悩みながらも、マスターはロバートが引き出していった貯金の全額――うちで働いた給金や暗殺者ギルドからの報酬のほぼ全額を貯めていたくらいの額、節約すれば数年は暮らせるほどの額と、屋敷に残していったペンダント型魔道具と同じものを一緒に貸金庫から取り出して行ったという。私はロバートが残していった、親の形見だと言っていた方の魔道具をポケットから取り出して眺めた。

「そうそれと同じやつ。あいつそのペンダント……一つかと思ってたら二つ持ってたらしい。それと一緒にサンセトの孤児院の前に捨てられていて、そこで育ってるんだ」

そんな大事なものを囮《おとり》にして、有り金を全部持って。

そんなのはどう考えてもほとぼりが冷めるまで、じゃない。完全に逃げる気だ。戻るつもりがない。

私は即座に全力で魔力探知を展開した。ロバートは同じ魔道具を持って行ったという事なので、同じ魔力の持ち主がいないか探す。しかし探知の網には引っかからない。急激に魔法を展開したため、マシューやマスターは漏れた魔力に何事かと戸惑《とまど》っている。

「お前達手伝え！　ロバートは完全に行方をくらませる気だ。マシューとマスターはロバートが行きそうなところを当たってくれ。私は馬車屋を当たる」

「名前はロバート、茶髪に茶色の目をしていて上背は普通くらいで痩《や》せている、ねえ……人ごみに石投げれば十人くらいに当たるんじゃねえか？　名前もよくある名前だしむしろこれが偽名っぽいし。そもそもうちは……いや、うちじゃなくてもいちいち乗客の名前が本名かだなんて確認なんかしねえしなぁ」

何軒もの馬車屋を当たり、駅馬車の乗客名簿を確認したが、ロバートの名はない。店主や受付に特徴を説明するも、いくらなんでももう少し特徴はないのかと逆に問われ、少し考えてそばかす顔だと伝えた。

「それ、上流階級のお方には珍しい特徴かもしれねえが、下々の人間は日に当たるしそばかす顔もごまんといるからな？　………昨日の夜から今朝《けさ》にかけてだけでも馬車に乗った客の中に若い茶髪の男は何人か……いや～……もっと見たな。ただ、印象に残るほどのそばかす顔は見てないと思う」

けどやっぱり茶髪に茶色の目なんてごまんといるからなぁ、そばかす含めたっていっぱいいるし、一日一回も見ないなんてねえからなぁと馬車屋は困り切って唸《うな》っている。

そのような状況ではそれらしき人物がいたら連絡を、ということも出来ない。駅馬車、乗合馬車それぞれで収穫がなかった私は、一度傭兵《ようへい》ギルドに戻った。

「こちらは駄目だったが……そっちはどうだ」

そう尋ねるとマシューもマスターも二人とも無言で首を横に振る。よく行く店などへも顔を出してはいなかったらしい。皆で情報交換し、馬車屋でのやり取りを説明すると、マシューが何やらバツが悪そうにしている。

「ダリウス様、まことに言いづらいんですが……」

「何だ」

「ロバートは元々はそばかす顔ではないので、逃げている今は消してしまっているかもしれません」

元々そばかす顔ではない？　消してしまっている？

一体どういうことだと私は顔を顰めた。

「あ〜〜そういえば！　暗殺者ギルドの野郎がな、あいつにアドバイスしてたんだよ。『そばかすやほくろで簡単に雰囲気が変わるし、その印象が強く残るからおすすめだよ〜』とか何とか。ヴァレイン家に勤め始めてからはずっと書いてたし、全然違和感なかったから忘れてたわ」

「そもそもロバートがうちに来た経緯自体、訳が分からないのだが」

最初……暗殺者ギルドの情報提供からロバートを雇うまでのことまでの経緯を二人に確認すると、どうやらマシューが仕事で忙しい私を煩わせまいとした事が、予想を遥《はる》かに超えて長引いたのが原因らしかった。

「だからお前は事あるごとにロバートに気持ちを伝えろと言っていたのか」

「申し訳ありません……」

「いや、言いづらい状況にしていたのもロバートに手を出したのも私だからな。すまない」

今更それを言っていても仕方がない。今後どう探すかを考えなくては。

「賞金でも懸けるか？」

「駄目だ。それだと私がロバートを追っていることが多方面に知られてややこしいことになる。だが……捕まえた刺客も引き渡さなければならないし、騎士団長には話を入れる」

「そうですね……マスター、引っかかる可能性は低いですが、念のためロバート宛《あて》で指名依頼を出して貰《もら》っておいていいですか？」

「あぁなるほど了解。うーんあとはそうだなぁ……騎士団に話を入れるんなら人相だけでも協力して描いてもらったらどうだ？　聞き込みするにしたってあいつ口に出したら何の特徴もないぞ。せめて視覚的な情報があった方がいいんじゃねえか？」

我々はそのギルドマスターの案を採用しようと刺客を引き渡す際に騎士団長に話を入れた。

「――話は分かった。だがそれ本当に罠《わな》ではないのか？」

「騎士団長殿。ギルドマスターとして賭《か》けてもいい。それはない。魔法騎士様が以前から平凡な男が好きというのならともかく……というくらいロバートは普通の男だ」

「そんなことにギルドマスターとして、なんて賭けないでくれるかな？　分かった。だが……やっぱり何か引っかかるな……」

そう言って考え込む騎士団長に私が焦っていると、「まあいい。陛下と殿下には黙っておいてやろう」と肩を叩《たた》かれた。

「ただし、私はそのロバートに何かが引っかかる。もし思い出したら、その内容次第では報告はさせてもらうからそこは了承するように。一応その場合でもお前に一言言ってから奏上するようにするから」

「分かった。助かる」

一応騎士団長への根回しは済んだ。あわせて騎士団に勤務している絵描きに時間を取って貰ってロバートの顔を描いてもらうことにしたのだが……。

「目はどのような感じですか？」

「大きくも小さくもないし、吊《つ》り目《め》でも垂れ目でもないし、細めでもない。一応二重《ふたえ》だな」

「鼻は？」

「高くも低くもないし、大きくも小さくもない。鷲鼻《わしばな》やだんご鼻とかそういう特徴的な形もしていない。普通だ」

「……口は？」

「大きくも小さくもないし、唇も厚くも薄くもない」

「……で、では髪や目、肌の色は？」

色について聞かれ、茶髪に茶色の目で赤みがかっているとか、こげ茶とかでもなくただの茶色、肌にしても白くも黒くもない。健康的とまではいかない普通の肌色だと答えると、絵描きは非常に困り抜いた様子で何度も描いては消し、消しては描いてを繰り返し、「でき、ました……？」と自信なさげな小さな声でこちらへ完成した絵を向ける。

……似ていない。

声は出さずとも、皆の意見は一致していた。再現出来ているのは眉《まゆ》と顔の輪郭くらいか。

「時間を取って描いて貰って大変申し訳ないが……あまり似ていないな……」

「……でしょうね。私も描いていて何も手応えなかったので」

申し訳なさそうに言う絵描きに、「ここからもう一回補正するか」とマスターが言うと、絵描きが無理ですと首を横に振った。

「いやいやいや！　情報が変わらないなら無理ですよこれ以上は！　もっと特徴をおっしゃってくれないと!!」

「特徴がないのが最大の特徴だなぁ」

「ならなおのこと無理ですよ！　ところでこの方、賞金でも懸けられるのですか？」

こんなに特徴のない感じだったら、仮に探している人物に似ている人相書が上手《うま》く出来上がったところで、賞金目当てに平凡なその辺の青年が山ほど詰所やギルドに連れて来られるだけだと思いますけど、とのこと。賞金首にするつもりはないが、確かに言うとおりだと思う。穏便に連れて来るのならともかく、全くの別人ばかりが無理矢理連れて来られて苦情沙汰《ざた》になる事がありありと想像できる。

「賞金を懸けるわけではないので、少しずつでいいから協力してくれ」

「それは構いませんが……」

時間がかかると思いますよと言われ、人相書すらもなかなか出来そうにないとは……と私は頭を抱える事となった。

8．魔力頼りもほどほどに

「んんん〜〜〜ッ……！」

安い駅馬車の旅は身体《からだ》がガチガチになるなぁ。

俺は休憩時間に馬車から降り、屈伸をしたり腕を回したり伸ばしたりと、軽く身体を動かしていた。

王都から十人乗り程の駅馬車に乗った俺は、とある都市を目指していた。国の端にある目的地は遠く、いくつかの町で馬車を乗り換え、大体で一ヶ月くらいの旅程となる。

一つ目の町を出発してしばらくは、風がさあっと駆け抜けるような、平坦《へいたん》で広大な平原だったが、目的地に向かうには国の中央に位置する山脈を越えなければならない。山に差し掛かると一応道は整備されているものの、ゴツゴツとした岩肌が目立ち、その両側に木々が壁のように密生している。当然馬車の進みも遅くなり、比較的開けた場所で休憩をしているわけだが……大きな岩といい、周りのそそり立った山肌の上の木の感じといい、この場所って観察しやすいし、弓や石で攻撃し放題だよなぁ。

少し不安に思っていたが、今のところはただの杞憂《きゆう》だったみたいで特に何事もなく休憩はできた。雰囲気からしてもう少しで出発するみたいで、客が馬車に戻るのが視界の隅に入る。そろそろ戻るかと考えながら、俺はもう一つ別の事を考えていた。

——先生にはあんだけ世話になってたんだし、バタバタしてたとはいえ不義理するんじゃなかったな。

この旅の目的は、とある人を訪ねることだ。リップサービスかもしれないが、以前「もし何かあって困ったら、訪ねておいで」と言ってくれていた人の元を。

前の町で一応手紙を出したものの、届くのは到着する直前だろうからあまり意味がなかったかもしれない。でもいきなり行くよりはマシだろう。ただ最後に連絡したのは一年前なので、行った先にもういない可能性もある。

もしいなかったらどうしようかな。まあでも……国の端とはいっても目的地はかなりでかい都市だ。どうにかなるだろう。

「あっ、やば。早く乗らなきゃ……」

考え事をしていたらみんな馬車のところに集合していた。慌てて馬車に足を向けたその時――。

「金目のもん出せ!!」

うわ、盗賊だ。

抵抗するなという怒鳴り声が聞こえ、咄嗟《とっさ》に俺は岩場に身を隠した。

狙われやすそうだと思っていたら案の定。だけど今のところ意識は馬車の方に向いていて俺の存在には気付いていない。

「魔力の高ぇ奴《やつ》がいねえから楽だが、金になりそうな人間もいねえなあ」

そりゃこんな比較的安い運賃の駅馬車襲ったって金になるような人間はあんまり乗ってないと思うよ。金持ちは魔力で動かすような自分用の車を持ってるだろうし、持ってなかったとしてももっといい馬車を貸切りにするだろう。

盗賊たちは馬車内で怯《おび》える乗客を品定めして、まだ馬車に乗っていなかった男性に剣を突き付けている。

盗賊の数は……ひーふーみーよー……全部で五人か。周囲の様子を窺《うかが》うが、他に潜んでいるような気配はない。

あの「魔力の高い奴がいない」と言っていた奴が首領《ボス》かな。発言から考えて魔法使い崩れっぽいし、魔力探知が出来るからそこそこのレベルみたいだ。少ないな、と思ったけど魔法使いがいるから少人数なのかもしれない。

うん。

この人数なら……首領さえどうにかすればなんとかなるかな?

そう判断した俺は、ペンダントを外して岩の陰に置き、首領とおぼしき魔法使い崩れにこっそり近付いて、後頭部を短剣の柄頭で思い切り殴って揺らす。意識を失い崩れ落ちた男は馬車の方へ蹴飛《けと》ばして、男性に剣を突き付けていた奴の手足にナイフを投げて他の盗賊どもを倒しにかかった。

「俺と兄ちゃんが残りの盗賊をどうにかするから、兄ちゃんが倒した奴を縛り上げてくれ!」

剣を突き付けられていた男性もどうやら多少腕に覚えがあるようで、俺が投げナイフを刺した盗賊を倒し、他の盗賊に向かっていく。他の乗客も倒した盗賊を拘束したり物を投げたりと、できることをし始めた。

上手くいってよかった。

実は俺は魔法使いに対する不意打ちが得意だ。

魔法使いや魔力の高い人間に俺のような斥候タイプの魔力なしが真正面から戦っても勝ち目はないが、彼らはその高い魔力が故に、探知や危険察知を魔力に依存する傾向がある。魔力のない俺がこれを上手く利用すれば、気付かれずに近づくことができて大物食い《ジャイアントキリング》が可能というわけだ。俺は腕がいい斥候なんて言われていたが、何のことはない。カラクリはそういうことなのである。

さっきの俺の攻撃は、正直きちんと気を付けて気配を探っていれば対応できるはずだが、元々岩陰に隠れていた俺に気付いていなかったのに加え、魔力で人の位置を判断してしまっていたから不意打ちをもろに食らってくれたというわけだ。他に魔法使いはいそうにないので、魔法使いさえ倒せば後は何とでもなる。

どうにか盗賊を倒し終わって縛り上げ、ペンダントを身につけ直して、ほっと一息ついた。

「兄ちゃん、細っこくて全然強そうに見えねえのにすげえな！」

一緒に戦ってくれた男性を始め、みんなが俺の背中や肩をばしばし叩いて喜んでいる。痛い痛い。

「いや、強くはないよ。不意打ちと投擲《とうてき》が得意なだけ」

さてどうするかな。

他の奴らは拘束するだけで大丈夫だと思うけど、この首領っぽいのは魔法使い崩れだから、ただ拘束するだけじゃ危ない。魔封じが出来る道具はさすがにないだろう。俺は少し考えて、触るだけで魔力を消耗するタイプの魔道具を持っている人はいないか尋ねた。

「持ってはいるが、どうするんだ？」

「こいつは多分魔法使い崩れだから一緒に連れて行くのは危ない。ならここに置いていくしかないんだけど、そのまま転がして、すぐ復活されて盗賊稼業に戻られるのもどうかと思うからさ、魔力を消耗させておきたいんだよね」

「なら……」

運のいいことに、馬車屋が持っていた水を出す魔道具が触るだけでいけるタイプで、いい感じに魔力を消耗させることができた。あとは照明《ライト》魔法の効果がある魔道具を持った人なんかも、恐る恐る魔道具をくっつけている。

そうしてある程度魔力を奪った後は盗賊たちの武器や魔道具を他の乗客が取り上げていく。まるで落ちた羽虫に蟻《あり》が群がるような、手負いの獣に別の獣が襲い掛かっているかのような。こちらの方が追いはぎや盗賊になってしまったような気分だった。でもきっとこいつらは初犯じゃないし、俺が上手く対処できなければ、こいつらに殺されていたわけだから仕方のないことではある。

「ここに転がしておいて次の町のギルドか自警団にこいつらの事言おうと思うが、それまで生きていられるもんかね？」

「いや、死んだところで自業自得だろ」

そろそろ出発しようかという雰囲気になったところで、馬車屋と乗客がそんなことを話している。

自業自得は全くもってそのとおり。それに下手《へた》に食べ物を置いておいても、獣や魔物が寄ってきてそれが原因で死んでしまうかもしれないし。

それでも俺はこっそりと、水と獣なんかが好んで寄ってきそうにはない堅パンのような非常食を手に取れる位置に置き、片手の拘束だけを緩めてから馬車に乗り込んだ。

その後、出発した馬車の中で馬車屋と乗客両方から感謝されたが、どうやらあいつらは地味に暴れまわっていた盗賊団らしく、次の町で自警団からも感謝されることとなった。おかげで俺は次に乗り換える駅馬車分の運賃と宿代、今日明日の食事代をタダにして貰《もら》え、宴会場になった食堂で酒は上手く断りつつ、吐き気とちょっと戦いながら、食事をとって宿に引っ込む。

やった。結構金が浮いた。

宿で一人、そんな感じであまり深く考えずに喜んでいたのだが、これが後々面倒ごとに巻き込まれる原因《フラグ》になるとは、この時の俺は微塵《みじん》も思っていなかったのである。

9．自覚と責任（ダリウス視点）

ロバートがいなくなってから一月以上が経過した。

私は任務の合間に訪れた場所では必ずロバートを探し、人相書の方はマシューやギルドマスター、うちの使用人達と絵描きの協力により何とか似ているものが完成し、それを使用して聞き込みをしている。

ただ、人相書を馬車屋に持って行ったところ、「これは……見てたとしても頭に残らないと思うわ」と苦笑いしていた。捜索の進捗《しんちょく》については推して知るべしである。

「ダリウス、お前の探しているロバートについて引っ掛かっていたことを思い出したぞ」

次の派遣先の情報を詳しく教えて貰おうと寄った騎士団の本部で、そう話しかけてきた騎士団長に私は身構える。

「そんなに警戒しなくても。思い出したことは悪いことじゃないさ」

私の様子を見て面白そうに笑い、団長室について来るようにと言った。

「サンセト孤児院には専属の指導者だけでなく定期的に隊長級が訪問しているんだが、ロバートとやらとは隊長だった頃に恐らく話した事がある……あ、あったあった」

資料が乱雑に置かれている執務机から書類を取り、話した内容は思い出せたけど、顔ははっきり思い出せないんだがな、と騎士団長は苦笑いしている。

本当に誰も彼もが似たような感想を言いながら苦笑いをする。ロバートは地味だが、部分部分は悪くはない。だがすべてが平均的過ぎる。ある意味珍しくはあるのだが、悉《ことごと》く印象には残らないようだ。

『『自分は体格がよくなるとはあまり思えないので文官が第一志望、でも一応走り込みと投擲練習は毎日しています。そういう人間でも騎士団で需要ってありますか』って聞いてきたんだ。だから斥候という役職があることを教え、短剣術を勧めて数ヵ月後に訪問したらきちんと練習している様子が窺えて、とても感心した記憶がある」

そう言って騎士団長は一枚の書類を机に置いた。

忘れていたくせにと思いながらそれを見れば、書類にはロバートの記録が記されており、そこには「魔力なし」「身体的理由のため採用不可」と記載されていた。

「すごく才能があるわけではないが、面白い子だと思っていたんだ。だが私が知らない間にこういう理由で選考から落ちてしまっていた。うちに入れなかった後もギルドで優秀な斥候としてそこそこ活躍していたようだし、私がその時人事に携わっていれば、仮で採用くらいはしたんだがな……って、おいやめろ。何で威圧するんだ」

「む、すまない……」

しかし、なるほど「魔力なし」か……。

ならいくら魔力探知をしても見つけられるわけがない。貸金庫から持って行ったという魔道具は恐らくは残していったものと魔力が異なる。そうでなければとっくに見つけている。

しかし、もう一つの身体的理由とは何なのだろうか。

「身体的理由とは？」

「すまないがそこは記録が残ってないんだ。むしろ廃棄書類が溜《た》まっていて、そこから文官が探してくれたから」

「分かった」

残っていないものは仕方がない。任務で出発するまでにはまだ時間がある。話を聞いた私は、ロバートの育ったというサンセト孤児院を訪ねた。もしかしたら手紙を寄越したりしていないだろうかというのもあるし、身体的理由の詳細を知りたかったからだ。

サンセト孤児院は少し特殊な孤児院で、親がいない優秀な子を拾い上げ、将来文官騎士団や、魔法師団に入れるために国と提携し育てている。かなり高度な教育や騎士からの直接指導を受ける事が出来る一方、中途で一定の基準から落ちてしまえば別の孤児院に転院させられるし、一定の基準以上の子は本人の強い意向等がなければ、国の機関への就職を優先的に斡旋《あっせん》され、そこで一定期間働く義務が発生する。

職員に案内されて入った飾り気のない建物の中は古いが綺麗《きれい》にされており、子ども達が仕事をしたり部屋の中で授業を受けたりしている。中庭では騎士団から派遣された指導者とともに訓練に励む子どもがいて、魔法騎士《わたし》に気付いた子どもが少しざわついて叱られているのを見て申し訳なく思った。

案内された部屋で院長と面会して話を聞くも、ロバートは何も連絡を寄こしてなどはいないとの事だったが、この孤児院にいた頃や、ロバートの事情について聞く事は出来た。

「ロバートはとびきり優秀というわけではありませんでしたが、前向きに努力をする子で、どこにでも溶け込める子でした。頭もそこそこよかったですし、線は細いですが運動能力も要領もよかったので、我々としてもいい就職先に推薦はしたのですが……」

魔力がなかったからと、あと騎士団では身体的理由、ともあったが……」

「魔力がないことが一番の原因であることは間違いないのですが、と院長は一旦《いったん》言葉を切った。

「もうひとつの原因は、バース性が判明しなかったことです。あの子は一回目の検査でも再検査でも、バース性が判明せず、それが雇っていただけなかった決定打だと思いますね……。あの子はどう見てもベータではありますが、魔力がない上《ヒート》にはっきりとそこが分からない以上は受け入れるわけにはいかなかったのでしょう。定期的に発情期があることや子を産むことから、オメガは採用数が決まっています。ベータのつもりで採用して実はオメガでしたなんてことになれば、事務運営に支障をきたしてしまいますし、かといってオメガの特徴が何もない者を採用して発情期を考慮できる職場のオメガの採用枠を潰《つぶ》すのも……という判断だったのではないでしょうか」

それで結局放り出す形になってしまったのです、と院長は少しだけ申し訳なさそうに言った。私に申し訳なさそうにされても仕方がないのだが、院長にそれを言ったところで何の意味もない。私は時間を取って貰った事について礼を言い、訓練をしていた子ども達と少しだけ話したり手合わせをしてから孤児院を後にした。

――孤児院で得た、ロバートがオメガなのかもしれないという事実。

私はその不確定要素に悦《よろこ》んでいた。あれ程オメガを苦手に思っていたのに、私の心に真っ先に浮かんだのは、「オメガなら、私のものに出来るかもしれない」という自分本位な悦びだった。

それより何よりすべきことがあるだろうと理性は叫んでいても、本能は自分勝手だ。

そう、それより何より私はロバートの事を何も知らなかった。

人となりについてはマシューやギルドマスターを始めとした色々な者から私の知らない事を聞いたりしても、私の持つ印象とは乖離《かいり》していなかった。だが、それ以外は何も知らなかった。

魔力がないことを誤魔化《ごまか》す魔道具とともに孤児院に捨てられ、魔力がなかった事とバース性が判明しなかった事により本来の能力も認められず、ギルドへ流れついた。そしてギルドでも腕はいいものの、バース性が分からないという状態のせいで長期の依頼を受けられず、比較的短い期間の依頼ばかり受けていた。

そんな境遇であるにもかかわらず、明るく真面目《まじめ》で少し飄々《ひょうひょう》としていること。

少しだけ変わっているというか天然なところがあって、少しだけお金や快楽に弱いこと。

前向きで、否定よりも肯定的な考え方をすること。人を責めないこと。自分の容姿等の平凡さに関してだけは少しだけ卑下すること。

怒ることもなく、物事に執着することも少なく、どうしようもない、しようがないとあるがままを受け入れてその上でどうしようかと考えるような人間だ。自分に出来る事を頑張り、前向きに生きていた。

そんな人間を、ヴァレイン家のごたごたのせいで、消えさせてしまった。

私を産んだ人――母は美しい男性オメガで所謂妾《いわゆるめかけ》であった。義母も美しい女性オメガだが、よくも悪くもヴァレイン家と同等の家出身の強いオメガで、アルファにしては気の弱い父とはあまり合わず、父は穏やかで夢見がちな性格をした私の母に逃げた。元々身体《からだ》が弱かったらしい母は、産後に体を壊し私が幼い頃に亡くなったのだが、「お父さんは優しいけど少し弱い人だから義母や兄と仲よくして助けてあげて欲しい」と言い残して死んでいき、その無責任な願いがずっと呪いのように刻まれていた私はどうにか義母や兄といい関係を築けないか、努力して努力して、それが無理だと分かってからはある程度向こうの希望に沿うようにして放置していたのだが……そのツケで好いた人間を消えさせて、見失ってしまった。

そう、私はロバートを好いている。

ロバートは私自身も家の色々も何も否定することはなかった。だから私はマシューが言う通り自分を取り巻く事情も含めてさっさと気持ちを伝えればよかったのだ。受け入れてくれるかは別の話だが、言ったところできっと、また少しだけ変な解釈をして「本当に趣味が悪いですけど、しょうがないですね」と言いながら、あの緩い笑みを浮かべて前向きに考えてくれたのではないだろうか。

母の願いのためにずっと放置していたが……義母や兄と正面から腹を割って話をしよう。これ程綺麗に消えたのを向こうが見つけられるとも思えないが、ロバートに追手を差し向けないとも限らない。もしオメガなら子を生むことが出来るから、なおの事狙われるかもしれない。

だからたとえ私にそんな気持ちを持っていないとしても、私の気持ちを受け入れて貰えないとしても、狙われるような可能性を潰すのは、巻き込んでしまった私の責任だ。

そうだ。

場合によっては、潰す。

ないものを探し続けても、何も得ることはないかもしれない。それでも。
何にも持ってなくても、それでも強く生きているあいつが欲しいと私は思うのだ。

10. 縁あれば千里

天候やら何やらもあって、一ヶ月半ほど掛かって到着した都市は、タイロス山脈から流れるティーラ川沿いにあるフィライトという国内二番目の規模を持つ港湾都市だ。

トワイニアの南部に位置し、背後に山、前方に海が広がり、古くから交易地として栄える王家の直轄地である。色んな文化が混ざる異国情緒が感じられるフィライトは、中央にある領主の館をぐるりと囲むように住宅や店などが密集していて、端の方に行くにつれ自然が豊かになっていく。

何度か手紙を出したことのある住所は、その住宅や店の密集している中央から外れた場所を示している。

次第に視界に畑や緑が増えてきたところで、全体的に古ぼけてはいるが綺麗にしていることが窺《うかが》える建物が見えてくる。素朴な野の花が寂しくない程度に庭に咲いていて、何となく持ち主の雰囲気に似ているなと思った。

「久しぶりだね、ロバート」

扉を叩《たた》くと、眼鏡《めがね》の男性が出て来た。王都にいた時と殆《ほとん》ど変わりない姿の、俺のかかりつけ医だった先生だ。

ベータの男性にしては美形だが、アルファやオメガのように他を圧倒するような美形ではない。亡くなった大先生は優しかったが、やっぱりアルファっていう感じの見た目だった。

それに比べると若先生は栗色の髪に少しだけ眠そうなくすんだ緑目の、目に優しい美形だ。ちゃんと歳《とし》を聞いたことはないけど三十くらいかな。ダリウス様よりは上だと思う。背は俺よりほんの少し高いけど若干華奢《きゃしゃ》、ただそこは職業の違いが原因だろう。

「ご無沙汰《ぶさた》していてすみませんでした」

「いや、来てくれて嬉《うれ》しいよ。便りがないのは元気な証拠かなって思っていたんだけど、突然どうしたんだい？」

ここで話すのも何だから中に入ってという言葉に甘えて診療所に入る。アルファの医者が多い中、全く威圧感のない先生の雰囲気はそれなりに人気があって、王都にいた時は結構患者さんを抱えていたんだけど、それほど広くないシンプルな待合室には患者さんが一人もいない。きょろきょろしていたからか、気付いた先生が小さく笑った。

「王都にいた時は師匠からの患者さんの引継ぎが多かっただけだよ。今の僕は街の中心にある大きな病院の外注を受けて患者さんを診《み》たり、応援に入ったり、訪問診療が主になっているんだ。ここはこんな外れだし直接来る患者さんはあんまりいない」

椅子に座った俺にお茶とクッキーを出しながらそう説明する先生は、その代わりのんびりやれてるよと穏やかに笑った。

「そっちはどうなんだい」

話を振ってくれたのをきっかけに、俺は「多分だけど……子どもができたみたいなんです」と話を切り出した。

「子ども？」

「はい」

「結婚したのかい？」

「いいえ」

「んん？　えーと……恋人がいて、その恋人が妊娠した、とか？」

「いえ……妊娠したっていうのは……」

あー……色々ぼやかそうとしちゃうと、婉曲的《えんきょくてき》になっちゃって全然伝わらない。あんまり具体的には言いたくないけど、相手さえ分からなければいいや。先生にはきちんと話そうと俺は腹を括《くく》った。

「──えーと……ベータのつもりでアルファと関係を持っていたけど、妊娠してオメガだって分かったって？　えーと、まずバース検査をちゃんと受けることができてなかったってことでいい？　あと、相手は君のことをベータの男だと認識した上でそういう相手として関係を持ってたってこと？　で、妊娠して逃げてきた……と」

「はい……」

「何それ、ちょっと訳が分からない」

ですよねー……。

先生は眼鏡のブリッジに指を当ててめちゃくちゃ困った顔をしている。俺も改めて声にして説明すると、何だこの状況？　って感じだし。

「ちょっとまだよく分かってないけど、ごめんね。僕がちゃんと他の医者に紹介状を書いてあげられればよかったんだけれど……」

「いえ、魔力なしを引き継げる医者ってそうそういないだろうし、お気になさらず」

「そう言ってくれるのは助かるけど……。それは一旦置いといて。ただ、妊娠しているかもしれない状況でこんな長旅をするのは駄目だね」

先生が腕組みして少し怒る。怒るポイントがそこなのが先生らしい。

「それこそ手紙をくれれば、僕の方が王都に行ったのに」

「いやぁ〜……そこは、あの。……色々ありまして……」

ごにょごにょと言葉を濁していると、先生は追及するのを止《や》めて溜《た》め息《いき》をつき、手に浄化の魔道具を使って手袋をはめた。

「とにかくまず診察をしようか。妊娠初期から中期にかけてなら、通常のバース検査のようなやり方は危ないからそれは止めておくとして……ペンダント外して服をめくってお腹《なか》出してもらえる？」

指示通りにすると、先生は丸くて平べったい形のものにジェルを塗って、俺の腹の上で円を描くようにしばらくくるくると回した。

「あー……うん、確かに妊娠してるね。ところでロバート、結局この件に関して僕は素直に『おめでとう』って言っていいのかな？」

「はい」

「なら今はそれ以上聞かないことにするよ。おめでとう」

そう言って微笑《ほほえ》んだ先生に、次は下を全部脱いで診察台に仰向けに寝るよう指示され、その通りに俺は寝転んだ。

先生は腰の下に枕を入れ、俺の尻《しり》を見て一瞬動きを止めてから、不特定多数と経験したりしたかと聞いてくる。何でそんなことを。もしかして不幸な妊娠だとまだ疑っているんだろうか。

「いやいやまさか！　相手は一人です……！」

「あー………うん。なら、無理矢理犯されたりした末の不幸な妊娠、とかでは本当になさそうだね。よかった」

え、何でそんなことが尻で分かるの？？？

俺は首だけ動かして先生を見ると、「後孔ってね、普通は丸いんだよロバート」と言って親指と人差し指で丸の形を作る。うん、そうだね。そうだと思うよ。

「で、頻繁に性行為をしている後孔はね、こうなるんだよ。それこそ女性器のように」

そう言って先生は丸を形作っていた曲がった親指と人差し指をくっつけたまま伸ばすと、丸の形が縦長になる。何でこんなこと言うのかなんて答えはひとつ。俺の……。先生は生暖かい目をしている。

「端的に言えば、見事な縦割れだね。一体この二年で何があったんだい。ああ……何で僕、『今は聞かない』なんて言っちゃったんだろう。しまったな。早まった。まあ、おいおい全部聞かせては貰《もら》うからね」

先生がとても残念そうにぼやきながら「道具を使うからちょっと冷たくて変な感じするよ」と言って孔に金属っぽい冷たいものを入れていく。キリキリとちょっと嫌な音を立てて孔が開かれていって外気に触れるのが気色悪い。ある程度のところで止まり、照明を当てながら少しだけ指を入れて診られている。

解《ほぐ》されるためではなく確認のためだけにもぞもぞ動く指は異物感がすごい。全く濡《ぬ》れないって感じではなさそうだけど分泌は少ないっぽいな……という独り言が聴こえ、もう服を着ていいよと言われた俺は渡された布で腹や尻を拭《ふ》き取り、もそもそと着替えて再び椅子に座った。

「うーん。妊娠してるから当たり前ではあるけどオメガの特徴が出てきてはいる。でももの凄《すご》く薄いね。あと匂いや発情期については妊娠中にはなくなるオメガも多いから、その辺りは産んでからじゃないと分からないかなぁ」

「どれくらいで生まれるんでしょうか？」

「あと半年くらいだと思う。もう少しすれば悪阻《つわり》も治まるだろうし、お腹も少しずつ出て来る筈《はず》だよ。まあ男のオメガは女性みたいにそんなにお腹出ないし、特にロバートは仕事柄筋肉がついてるから、臨月までほとんど目立たないかもしれないけどね」

じゃあ仕事しても変な目で見られることもないかもな。蓄えはあるけど、働けるなら少しでも働いて貯金しておきたい。

「これからどうするんだい？」

「フィライトに住もうと思っているので、宿をとってから家探しと買い物ですね。あと仕事も」

「ならここの上、部屋が余ってるから、君がよければ住むかい？　中心から外れてるから買い物はちょっと面倒だし、片付けしなくちゃいけないけど」

「えっ、いいんですか？　家賃は？」

「お腹の子が生まれるまでは、お願いした家事とか資料の整理とか雑用をしてくれたら家賃はタダでいいよ。ここ、師匠の持ち物で僕が相続させてもらったものだから僕の負担は別に増えないし」

「じゃあ是非！」

「君の場合、ちょっと目を離すと調子に乗って働いちゃったりしそうだから……手を出すのは内職とか短時間労働くらいにして、できれば大人しくしてなさい」

図星を突かれた俺はうっ……となった。

でもできればそうしたかったので本当にありがたい。

あんまり治安の悪いところに住みたくないし、変な仕事もしたくなかったけど、治安のいいところとかは保証人や推薦人が必要だから、諸々《もろもろ》の保証人を先生に何とか頼めないかお願いしようと思ってたんだよな。だからこれは本当に、すごく助かる。俺は頭を下げた。

「お世話になります」

「ん、よろしくね」

こうして何とか、産前産後に頼れる先を確保し、俺はフィライトに腰を据えることになったのだった。

11．神か悪魔の証明か（ダリウス視点）

ヴァレイン本家と話をする。

そう心に決めた直後から隣国の動きが活発化し、私は非常に苛々《いらいら》していた。行く先々でロバートを探しても見つからない。帰ってもいい情報があるわけでもない。忙し過ぎてヴァレイン本家に向かう暇もなく、心底苛々していた。

「ダリウス、最近お漏らしし過ぎよ」

「人を粗相した幼児みたいに言うな」

「幼児《おこちゃま》みたいなもんでしょう？　自分のせいでなくした玩具《がんぐ》が見つからなくて駄々捏《こ》ねてる子ども」

私は目の前の美女の揶揄《からか》うような発言に更に苛立《いらだ》ち、威圧を強めた。本来威圧は目に見えたり物に影響というのはあまりないが、それなりに重厚な机や窓がみしみしと音を立て始めている。本来二十名程が揃《そろ》う筈だった会議室は、最初にいた隊長級は勿論《もちろん》、副団長や副師団長ですら耐えきれずに退室してしまい、今は私の圧に耐えられる騎士団長と魔法師団長だけが室内に残っていた。

「イライザ……じゃなくて、魔法師団長。言い方に気をつけろ。魔法騎士も威圧を止めろ」

「うるさいよ騎士団長《ライリー》。誰も彼も退室してしまってるんだしもう名前でいいでしょう。いくら基本が単騎運用とはいえ、こんな触れる者みんなを傷つけるような圧と魔力を垂れ流しにされたら困る。これから戦いが激化してきたら連携も必要なのに、こんな状態じゃ到底無理じゃない」

「ダリウス、イライザの言う通りだ。もう一度言うぞ。威圧を止めろ。そしてイライザも普通の言い方ができないのならば、その口は閉じろ」

温厚な騎士団長がゆっくりと静かに怒る。

私と魔法師団長《イライザ》が「これは不味《まず》い」と互いに威圧を止めて口を噤《つぐ》むと、やっと落ち着いたか馬鹿者共と言って騎士団長から怒気が消える。

ともかく座れと指し示された席に座ると、ライリーは深く溜め息をついた。

「まあイライザの言うことも正しいが、陛下方のダリウスの運用に問題があるからだと言わざるを得ないな」

「それはそうね。なくしたものを探しに行きたくても休む暇なく予定がびっしりだもの。いなくなったロバート君とやらがベータかオメガか分からないけれど、ダリウスは完全に番《つがい》のように認識しているわけだし……苛立ちもするか」

悪かったわ、とイライザが軽く頭を下げ、私も悪かったと頭を下げる。

「陛下方はダリウスを安易に使い過ぎだ。確かにお前が出ればあっという間に戦いは終わるし民へのパフォーマンスとしてもいい。だがそれでは騎士団も魔法師団も経験が積めない。お前一人に依存するのは危険だ」

「大体ダリウスが凄いからもう一人いたらいいな～……だから子どもを作れって考えが馬……浅はか過ぎるのよ。前々から無理矢理どこかのオメガと子を作らせたって、その子が普通の子だったらどうするつもりなのかと思ってたのよね。結局魔力の高い子が生まれるまで、いろんなオメガと子作りしろとか言いそう」

「確かにその通りだとは思うが、流石《さすが》に本部内では言葉を選ぼうか」

うえっと嫌そうな顔をするイライザをライリーが窘《たしな》める。

そう。

以前はまだヴァレイン家を気にしつつ言っていた「子を作れ」と言う王家の圧力が近頃強くなり、そのうち王命に発展しそうなので、その件も含めて兄と話をしたいのだが。その時間すら取れない事も苛立ちの原因の一つだった。

「ダリウス、我々から陛下と殿下に、次の戦闘は騎士団と魔法師団で対応すると奏上して少し時間を取れるようにする。だからその間にヴァレインの当主と話をするといい」

「頑張んなさい」

「分かった……ありがとう」

騎士団長と魔法師団長のお陰で何とか時間を取ることができた私は、ヴァレイン家で義母《ぎぼ》と兄と話をする目処《めど》が立ち、善は急げという事で、その次の日にはマシューの同行の申し出を断り、王都の隣にあるヴァレイン領に足を運んでいた。

「――義母上《ははうえ》、兄上。今も昔も私に叛意《はんい》などありませんし、一度も抱いたことなどありません。けれど、ないという事を完全に証明する手立てなど、どこにもないのです」

そう私がした説明を、年の割には随分若く見える義母は睨《にら》み付けながら否定する。

「嘘《うそ》です。お前は私の子を追《ギルバート》い落とそうとずっとずっとその座を狙っている」

「それは貴女《あなた》の妄想です。既に私は私でヴァレイン家抜きで地位を確立しましたし、そもそもそのずっと前からこの家に興味はない。私がこの家の跡継ぎ候補に入っていなかったのは貴女もご存じのことでしょう」

「だからでしょう？　だからお前は力をつけて簒奪《さんだつ》を……私からあの方を奪ったあの者の子どもであるお前はずっと――」

「いいえ。何度も言いますが、私はこの家に興味はない。そんなにおっしゃるのであれば、今後はもう遠慮も容赦もしません。醜聞になっても構わない。国防の要を暗殺しようとした事を正式に訴えて潰《つぶ》しても構わない。ヴァレインの名に未練もありませんし」

　そう言うとまた、義母はヒステリックに喚《わめ》きだす。

　兄の執務室で義母と兄と話しているのだが、ずっと同じ話の堂々巡りだ。私はこの不毛な時間にうんざりしながらも、義母は――この人はこんなにも卑小な存在だっただろうかと思った。

　幼い頃は酷《ひど》く当たられ無視され殺されかけて、もっと恐ろしい人だと思っていたのだが。こうして見れば、夫を奪った男の子どもである私が、自分の子を押しのけて当主の座さえも狙っているという妄言入り混じった根拠のない主張を繰り返すだけのただの女だ。

　そしてこうやって聞いていると兄も気の毒である。義母は兄を当主にするために私を虐げたが、かといってそれは兄への愛情でもないのが窺《うかが》える。

　それでも夫を……番の事は一切悪く言わないのにある意味感心しつつ、義母の事を、哀れな人だと思った。ずっと私は何に囚《とら》われていたのだろうかと拍子抜けするほどに。ずっと避けていたのを後悔するほどに。幼い頃に刻み込まれた印象とは恐ろしいものだ。こんな事ならさっさと正面からぶつかっておけばよかった。

そう思ったが、私がこの人と兄を避けていなければ、この人が私の命を狙って暗殺者ギルドに依頼をすることもなく、私とロバートが出会うこともなかった。そう思うと合縁奇縁とは厄介なものだ。

しかし、これは決裂したとしてももう終わりにするべきか。なら早急に潰す手立てを考えねばと思い始めていた。

「母上、貴女の主張には根拠がない。まともな話が出来ないのなら退席をお願いします」

「ギルバート……何を」

義母の隣でずっと黙っていた兄は突然そう言って家令を呼び、喚く義母を強制的に退室させていく。

驚く私をじっと見つめて、兄は言った。

「お前が正面から母や私と話しに来たのはこれが初めてではないか？　どういう風の吹き回しだ」

私もまた兄の目を真っ直《ます》ぐと見返す。

「好いた者がおります。私の暗殺未遂のごたごたのせいで行方が分からなくなっておりますが、その相手のためにも、どういう形になったとしても問題を解決し、決着をつけて憂いを絶っておきたいのです」

「……分かった。だがヴァレインを潰して新しい家を興したりというのは、何があったのか邪推されるし、何よりも母上がまた暗殺者を雇うなどといった突拍子のない行動に出るかもしれないから、少し待ってくれないか」

「兄上こそ、どういう風の吹きまわしですか」

今まで母の陰に隠れて積極的に何かしてきた事も、してくれた事もなかった兄こそ突然どうしたのだろうか。

そういう意味では義母の方が一貫している。疑問に思った私が問うと、兄はそっと息を吐いた。

「番が……妻がようやく懐妊したんだ。あまり身分が高くない、魔力も高くないオメガで、子もできないからと母上の当たりがきつくてな。――それこそ昔のお前と同じように」

なんの事はない。今まで兄は、私との関係改善より番を守ることを優先していたという。むしろ私に対する憎しみを利用して義母の矛先を私に向けていたのだと。

「だからお前の選択することを止めたりなどしないさ。番が絡むならなおのこと」

そう言って兄は小さく自嘲《じちょう》した。ただヴァレイン家をもし潰すなら身の振り方を考えるので、できれば猶予と事前通知をくれるとありがたいと言う兄に、これからきちんと義母を抑え込んでくれて、陛下方の対応をしてくれるなら今までのことは水に流すと伝えた。

色々思うところはあるが、こんな事よりロバートを探す方を優先したい。なら書面にでも残しておこうかという兄に反対する理由もなく私達は誓約書を作成することにした。

「いなくなったというその相手はどうする。探すのに協力するか？」

「いえ。大々的に動くと陛下方に不審がられるでしょうし、正直……捜索をお任せできるほど、そちらの事を今はまだ信用できません。それよりも義母上の抑え込みを完璧《かんぺき》にしてください。あと、できれば私に子を作れと圧を掛けて来る陛下方の対応をお願いしたいのですが」

「分かった。なら対外的には今のままで。陛下にはこちらで対応する。お前は探し人が見つかるか、何かあったらまた連絡しろ」

そう言いながら兄が差し出してきた誓約書を受け取って帰ろうとした私は、一つだけ兄に言わなくてはならないことがあったなと思い出した。

「兄上、最後に一つだけ」

「何だ」

「マシューを私につけて下さりありがとうございました。貴方《あなた》は無関心を貫くことで、一応私を助けてくれていたのでしょう」

そう礼を言うと兄は少しだけ驚き、いつも変わらない表情を少しだけ崩した。

「……あまり助けになっていなかったがな。いい方に興味を持っても悪い方に興味を持っても、母上の向かう方向はお前の排除だった。今はやっと母上の実家も代替わりして母上の影響力が減り、こちらが抑え込めるようになったからな。本当にすまなかった」

「もういいですから。これから態度で示してください」

長い間すまなかったと頭を下げる兄に、それだけ言って、私はヴァレイン本家を後にする。

その後。

長年の不和を解消とまではいかないが、少しずつヴァレイン本家との関係改善は進んだ。だが、小競り合いを続けてきた隣国に加えて周辺国が新たに参戦し、トワイニアを取り巻く情勢は悪化する一方だった。最初はパフォーマンスで駆り出される事が多かった私も、いつの間にか本当に必要に差し迫られて駆り出されるようになってしまっていった。

それでも私は戦いの合間も、向かった先々でもずっと、ロバートを探し続けた。王都でマシューやギルドマスター、途中からは兄も協力して探してくれたのだが……結局ロバートは見つからないまま、徒《いたずら》に月日だけが過ぎていった。

12. 幸せであれ

ひーふー……

ひっひっふー……

何で「ひ」なんだろう？　首を傾《かし》げながらひっひっふーと繰り返していると、集中！　と額をぺしりと叩《たた》かれた。痛い。

「まあどうせお産が始まったら必死でそれどころじゃなくなるけどね。私か先生が『大きく吸って！』とか『吐いて！』とか『いきんで！　今!!』とか基本指示するからそのとおりしてくれたらそれで大丈夫」

「じゃあこの授業の意味は」

俺は今、一緒に出産を手伝ってくれる産婆さんに出産時の心構えや呼吸法やら何やらを習っていた。

大体陣痛は十分・七分・五分……と等間隔に起こって、七分間隔くらいになったらいよいよお産の開始……という感じらしい。

「ただねぇあんたの場合は初産だし、男のオメガだし。男のオメガの出産って読みづらいんだよねぇ。だから念のため陣痛らしきものが起こったらすぐ先生に言いな。私も呼ばれたらすぐ来るから。あと何か質問は」

はいっと俺は手を上げて「男のオメガって産む場所がアレなんですけど衛生的にどうなんですか」

と質問する。

「男のオメガはね、女性が産むときより赤ちゃんを包む膜のようなものが分厚いし、分泌液に浄化のような効果があるんだ。それに基本出産時は医者が浄化を掛けながら処置するから大丈夫だよ」

その回答に「ほぁぁ……オメガすごいな」と感心する俺はきっともの凄《すご》くアホな顔している。俺出来損ないのオメガだけど大丈夫？

そんな風に出産時のいろんなことを習いながら、ちまちまと家事や先生の手伝い、内職をして、赤ちゃんの洋服やおむつを縫ったり産後に必要な準備をしつつ俺は日々を過ごしていた。後はもう天命を待つ、じゃないけど、生まれるのを待つのみだ。

「ねえ、どうしても相手は言えないのかい？」

産み月に差し掛かり、診察の度にしょっちゅう詰め寄ってくる先生に俺は無言で頷《うなず》いた。

「無理矢理ではないというか、お金を貰《もら》っていたとはいえ、ずっと一人と関係を持っていたんだよね？　聞いている限り君の相手の行動は、番《つがい》の世話をするアルファの行動そのものなんだけど」

「でも、相手が本当に俺をどう思っていたのかは分からない、です」

「……ロバートも鈍感だし、相手も恐らく不器用だったんだろうね」

お金にしたって君が喜ぶからあげてたってだけな気がするけどなぁ……ちょっとどうかと思うけど、と先生が言う。

「でもねロバート、お産は病気じゃないけど死に至ることも少なくない。君がどうしても相手を言いたくないのは分かったけど、万が一にでも自分に何かあった時のことは考えている？」

「……はい。先生にはお手数をおかけしますが、俺に何かあったら連絡して欲しいところは遺しています」

俺だって出産で何があるか分からないから、言いたい気持ちがないわけでもないけど……でもやっぱり言えない。だから、俺に何かあった時だけ、すみませんがどうかお願いしますと頭を下げると、分かったよと先生はしぶしぶ諦《あきら》めてくれた。


それから二週間後の朝——

じんわりとした鈍痛で俺は目覚めた。事前に言われていたとおり一定間隔で訪れる痛みを先生に報告する。

産婆さんが到着するまでの間に、十分があっという間に五分間隔になり、痛みの波が来る度に寝台の上で俺は喚き散らして呻《うめ》いていた。

「あ———！　……いたたた……」

「やっぱり男のオメガは読みづらいねぇ。この進みならすぐ生まれるから頑張れ！　お腹《なか》の子も頑張ってる！」

「うぅぅ〜〜いだいぃぃ……」

そう励ましてくれる産婆さんが腰を摩《さす》ってくれるとちょっとだけ気が紛れる。でも痛くて熱くてまるで内側からじわじわと自分が裂かれようとしている。そんな経験したことのない種類の痛みに俺はずっと呻いていた。

やがて痛みに波がなくなって、常に痛い状態になる。めりめりと腹の中が割れていっているけど、一定の位置で止まってしまい、ずっと痛い。俺はかたかた震えているのに、全身ぐっしょりと汗をかいている。暑いのか寒いのかそれすら分からず、ただただ痛くて段々意識が遠のき始めていた。

頭がぼんやりする中、腹の子が逆さまだとか何とかで腹を切るか切らないかの話をする先生と産婆さんの声がする。

「薬が効くまで待てない。麻痺《パライズ》を使って切ろうか……」

「先生、この子は痩《や》せてるし、お腹を切るにはお産が進み過ぎてる。それだとお腹の子が……このまいきましょう」

「から……せんせぃ……なん、でもぃー……出して、あげて」

いや。何でもいくない。頑張らないと。

俺のお腹は別に切って貰ってもいいけど、子どもによくないなら話は別だ。産婆さんの雰囲気だったら頑張れば、いける感じか？

深く息して吐いて、いきんじゃ駄目！　って怒られるけど無理だよ難しいよ!!

できているかも分からないまま、俺は涙目でひーひーふーふー指示どおりそれっぽく息をしていた。

やがて、ずるりと何かが体の外へ出たような気がした。俺のお腹とともに先生や産婆さんから張り詰めた空気が弛《ゆる》んだのを感じた。どうやらちゃんと出て来てくれたようだ。

じょきりとハサミの音が響いた。への緒が断ち切られている。ずっと繋《つな》がっていた糸が断たれるその音は、人にとって一番最初となる独り立ちへの合図なのかな、なんてぼんやりとそんな風に思った。

だけど……いつまで待っても泣き声が聴こえない。

そして息をしていないと、焦ったような悲痛な声が聴こえる。

……いや、大丈夫。大丈夫、ここにいる。

ちゃんとここにいる。おいで。

おいで。

こっちへおいで。ずっと待ってた。

俺は、自分の子を呼んだ。声として出ているかは分からないけど、産まれ落ちたことが初めての独り立ちなのだとしたら、その手をちゃんと握って導き、その門出を祝福してあげないといけないなと何となく思った。

「きみ、は――……」

君は俺の宝物で守るべきもの。

君が生きる世はもしかしたら君にとって生きづらいかもしれない。でもどうか、君の生きる道にたくさんの祝福がありますように。

健やかであれ、勇敢であれ、誠実であれ。

優しくあれ、信念をもって自由であれ。

「しあわせで、あれ」

そう結んだ瞬間、微《かす》かな産声がくっきりはっきりと聴こえ、それは段々とはり裂けるように大きなものとなっていった。よかった。嬉《うれ》しい。

それにホッとした俺の意識は反比例するかのように少しずつ泥の中に沈んでいった。

「――……」

「ロバート!?」

「せん、せ」

「ロバート……！　よかった……」

「せんせい……子ども、は」

「無事、生まれたよ。最初はつっかえてたし産まれてからも息をしてなかったけど……今はとても元気だ。……凄く……二人とも、本当にものすごく頑張った」

先に水分を摂って、少しでいいから出来れば食べてと先生がサンドイッチを置いてくれる。介助を受けながら尻《しり》や腰回りに負担がかからないように座らされ食べていると、先生に質問された。

「あの祝福の言葉みたいなのはなんだったんだい？」

「あ。声に出てましたか。恥ずかしい……」

この国では王の即位や騎士団や魔法師団に入る時なんかはもちろん、子が生まれたり、結婚したり、亡くなったり、折々で教会に祝福の祈りをもらうことが多い。そして本来王族や上流階級の人間はたくさん寄進をして、加護のかかるようないい祝福をしてもらう。けど俺の子は、本来だったらヴァレイン家のような名家の子がしてもらうであろうそれが出来ないから、俺が自己満足で似たような言葉を考えていた。本当だったら「汝《なんじ》」とか「魂」とかもっと仰々しい言葉を使うけれど、俺が考えてた内容だからあんな緩い感じだ。

心の中で祈るだけで実際言うつもりなんてなかった。でも泣き声は聴こえないし、逆に息をしてないなんて聴こえてくるしで、俺は子どもを呼んで側《そば》に繋ぎ止めるために祈りを口走ったようなそんな気がする。でもそれが通じてこの子が来てくれたのなら、考えてた甲斐《かい》はあったかな。

「いや……とてもいい祈りだったよ。何だか僕まで生まれ直した気分だ」

ちょっと待ってて、と先生は俺の頭を撫《な》でて赤ちゃんを「おめでとう。とても可愛い女の子だよ」と言って俺の隣に寝かせてくれた。どうやらぐっすりと眠っているようだ。腕を曲げたまま万歳をしたような格好で小さな拳《こぶし》をぎゅっと握っていて、赤ちゃん独特の柔らかくて甘い匂いがする。

眠っているところを悪いとは思いつつ、その小さく握った手の隙間を指先で触ると、眠ったままなのに思いがけず強い力で握り返された。

俺は体力も気力も何もかもが限界だったけど、産まれた子に手を握り返されながら、この子が泣いた瞬間に唐突に襲ってきた強烈な多幸感のことを考えた。一緒にするのもどうかとは思うが、それは何故《なぜ》かダリウス様に抱かれるときに快楽と別に得ていた感覚にも似ていた。

改めて見ると産前に用意していたおくるみにくるまれた我が子はとても可愛い赤ちゃんだった。孤児院で何度も何度も赤ちゃんは見てきたが、この子が一番可愛い。多分自分の子じゃなくても可愛くて綺麗《きれい》な赤ちゃんだと思う。だってところどころダリウス様によく似ている。

「……俺は、この子の、家族なんだ」

そう噛《か》み締《し》めるように呟《つぶや》くと、「俺は」「この子の」「家族」。その言葉ひとつひとつが、その言葉の関係性が、幸せを感じさせる以上に心に責任を重くもたらす。それは潰《つぶ》れてしまうんじゃないかと思うほどの大きな実感で、あの屋敷で過ごしたことがこの幸せをくれたのに、俺はダリウス様からもこの子からも一人ずつ奪ってしまったんだという小さくて大きな罪の認識でもあった。でも。

「幸せで、あれ」

そう、俺は自分に言い聞かせるように呟いた。

実際俺は幸せだった。

何にもなかった俺に家族ができた。

この日が自分の人生の最も幸せな時の一つであることは間違いようがなかった。

13．触らぬ神に祟《たた》りなし（ダリウス視点）

「ここまで数ヶ国が組んで敵対しているのなら、自衛の建て前は不要だというのはやっと理解していただけたな」

「────よし宣戦布告が完了次第、見せしめに正面から叩《たた》き潰す。漸《ようや》く捜索だけに集中できる」

謁見の間からぞろぞろ連れ立って騎士団長《ライリー》、魔法師団長《イライザ》とともに退出し、作戦でも考えるかと騎士団長室に戻って早々の私の発言に、ライリーが顔を引きつらせる。

「いや、まだ戦は始まってもいないし、あとそんなものは作戦とは言わないからな？」

「打って出ていいという許可が出たならば、さっさと殲滅《せんめつ》消滅させて終わらせるに決まっているだろうが」

「いいわねぇ。試したい大人数での大規模魔法もあるし」

「お前達……滅するのは流石《さすが》に止《や》めてくれ。戦後処理のこともあるから」

お前だってもう勝ったと考えているじゃないかと私とイライザがライリーを見ると、ライリーは更に顔を引きつらせる。

「お前達なら……特に今のダリウスなら本当にやりかねんからな……それとイライザはダリウスに便乗して暴れたり実験しようとするのを止めろ」

「実戦で大規模魔法を試すなんて中々できるものじゃないんだから、ケチケチしないでよ。あと『やりかねん』じゃなくてダリウスは『やる』でしょう。愛《いと》しのロバート君が見つからないイライラをぜーんぶ戦闘技術や新たな魔法の習得に昇華しているもの。攻撃特化一辺倒だったのが、結界以外の守護防衛魔法や転移、回復まで使えるようになって細かい条件指定なんかまでできるようになっちゃってまぁ〜……！　前のダリウスならいけるけど、今は私達二人がかりでも無理ね」

愛というか執着心の力は凄《すご》いわとイライザは呆《あき》れている。ほっとけ。

「——とにかく二言はない。やるといったらやるし、潰す。ずっと歯痒《はがゆ》い思いをさせられてきたんだ」

「それに関しては同意だが。……まあ、戦いが多すぎて騎士団も魔法師団も実戦経験は十分積めたし、お前《おまえ》の言うそのやり方でいくか。魔法騎士を主軸として、魔法師団が大規模魔法を展開、打ち漏らしや崩れたところを攻める……これ本当に作戦も何もないんだが」

「あと、頼みがある。最初は私一人で出させてくれないか？」

「何故だ」

「念のため、敵の中にロバートらしき者がいないかだけは確認したい。魔力探知ではなく魔法で視認するだけだが。その確認が終了次第、敵に魔法を撃ち込むから、それを戦闘開始の合図としてくれ」

「……分かった」

これを会議室に集めた隊長級が聞いたとき、どんな反応をするんだろうなとライリーはずっと苦笑いをしていた。

ずっと自衛一辺倒だったトワイニアから宣戦布告を受け、連合軍の将が指定した戦場に足を踏み入れると、その場所に既にひとりの男が立っていた。長剣を腰に差した金髪碧眼《へきがん》の美しい顔の男。トワイニアの魔法騎士だ。

ふざけている。

連合軍の将は思った。確かに彼《か》の魔法騎士は強い。

以前もその戦いぶりは目にしたことがあるので一騎当千という評価が誇大ではない事は知っている。だがこちらとてトワイニアからの宣戦布告を受けて、大量の魔法使いを投入し、一定以上の練度の兵ばかりで編成した連合軍、数としても万の軍勢だ。どこかに他の兵が潜んでいるとしても嘗《な》められている。

しかし魔法騎士はその数自体に興味はなさそうに、大軍をぐるりと一瞥《いちべつ》し、徐《おもむろ》に剣を抜いた。この距離で何をする気だと将が思っていると、魔法騎士はそのまま大地に軽く突き刺す。

直後、大地が割れた。

比喩《ひゆ》でも何でもなく、連合軍の軍勢の中心の大地がぐらぐら揺れて大きく裂けた。割れ目にかなりの数の兵が飲み込まれ、既に陣形は壊滅している。慌てた魔法使い達が結界を張り直し、魔法騎士に炎の矢や氷の雨、風刃を次々と撃ち込むが、魔法展開の動作すら見せずに相殺し、無効化されてしまう。

ならばと複数名が協力して合体魔法を敵陣に向けて放ち、灼熱《しゃくねつ》を孕《はら》んだ風がちりちりと空気を焦がしながら魔法騎士を包み込むが、それもあっさりと結界に阻まれ無傷。そしてすぐにその数人がかりの魔法効果も一瞬で消されてしまう。お返しとばかりに放たれた風魔法は、嵐と言っても差し支えないほどの暴風だった。風圧で呼吸がしづらい。そして風速に耐え切れなくなった兵が一人二人と後方に吹き飛ばされていく。

このまま魔法使いに攻撃させても大事な魔力を徒《いたずら》に消耗するだけだ。魔法使い達に魔法騎士からの魔法を防ぐのに注力するように指示し、将は自分の率いる部隊に対しても指示をした。

「騎士とは言っても主体は魔法だ！　数で押して魔法を展開させる隙を与えるな!!　近接で殺《や》れ!!」

将は突然の大規模魔法や魔法使い達が完全にあしらわれたことにより挫《くじ》けかけた連合軍を指揮し鼓舞する。主体は魔法だとは言ったものの、実際は近接戦もかなりの腕であるとは思われる。だが魔法騎士が剣を抜いて戦っているところは見たことがなかったし、間諜《かんちょう》からの報告で、近接戦も全て魔法で対応している事も分かっている。ということは剣に関しては魔法のように人外と言える程の腕は持っていないだろうと判断し――

「魔法使いだから近接で仕留めよ、といったところか。浅はかとしか言いようがないな」

私が囮《おとり》も兼ねて最前線に一人で立つ。

――実際は魔法師団によって防衛魔法などが多重展開されているのだが。私自身で張っている防御だけでも恐らく十分なのだが、万が一でも倒れてしまうと相手が調子づいてしまうのでそこは厚くするということで話はついた。

確かに私は滅多に剣を抜かない。だが私は魔法騎士だ。

騎士なのだから、武器を扱って戦う能力がないのに「騎士」がつく称号をわざわざ与えはしない。私の剣は魔力伝導効率のいい長剣であり魔道具で、これを通して魔法を展開すれば消費魔力が少なくなったり魔法の効果範囲が広くなる。しかし決してそのためだけのものではない。格技も身につけているが、魔法の次に得意なのは剣だ。

私は久し振りに本来の用途で使用するために剣を抜き、近づいてきた敵を悉《ことごと》く斬った。殺す必要性はないが、生かす必要性もないから加減をする気はない。生きていても死んでいても構わない、神の思《おぼ》し召《め》しだという心持ちで剣を振るいつつ、並行して麻痺《パライズ》や催眠《スリープ》で兵を無力化していく。

「何だあれは……化け物か!?　……雪……？」

そうして前方の敵兵の相手をするために近接戦闘にシフトした私に変わって、イライザ率いる魔法師団が中央付近に大規模魔法を展開した。ふわふわと雪のように綿毛のように優しい光が敵陣に降り始める。

あいつ……一番えげつないのを選んだなと私は敵にほんの少しだけ同情した。この魔法、ロバートの特徴がない、見分けがつかない溶け込むのが上手《うま》いという話からかなり発想を転換・飛躍させてイライザが思い付いた魔法だ。

雪のように降る優しい光は、ある場所では敵に触れた瞬間周囲を凍らせ、ある場所では地面に落ちた瞬間に爆発して地面を抉《えぐ》り、ある場所では竜巻を起こした。見た目や魔力探知で効果がバレないように擬態するのにかなりの魔力を割いているため一つ一つの威力はさほど高くないが、ランダム効果の大規模広範囲魔法は正確な効果が分からないので相殺も容易ではない。効果を予測して一《いち》か八《ばち》かで相殺するか、より大きな力で、雪のように降る数多《あまた》の光が兵に触れたり地面に落ちる前に押し潰して消すしか方法はない。

その魔法で大混乱に陥った敵軍は、そこを騎士団に攻められ全滅し、あっさりと雌雄は決したのだった。

一番大きな正面衝突を真っ向からぶつかって制し、一気に国を取り巻く戦況は変わった。この戦闘の結果だけでいくつもの国が降伏した。

正面からではとても敵《かな》わないと私や各師団長を狙う間諜《スパイ》や暗殺者が増えたが、それも想定内の話で魔法師団と文官を中心に対策済み。私の役割は最初と変わらない。有言実行とばかりに次々と戦場を渡り歩き、相手を悉く叩き潰し続けた。

自重を全てかなぐり捨てて対応し続けた結果、隣国の同盟国は全て降伏した。だが隣国とその属国はまだ足掻《あが》いていて、わざわざこちらが抜け道を作ってやったにもかかわらず、その退路を自らの手で潰し、死兵を作り出していた。

そしてその矛先が向かったのはトワイニア国内でもタイロス山脈でほぼ分断された南部にあるフィライトという王家直轄の豊かな港湾都市だ。

通常ならばそこそこの規模の地方騎士団を持っているフィライトは、多少の戦闘なら単独で対応できる。しかし陸と海の両方から攻められていて厳しい戦況であるとの応援要請が入り、水陸遠近どちらにも対応できるであろう私が向かう事になった。

ただこれは、追い詰められた隣国の、最大で最後の足掻きだ。これを潰せば隣国はもう何もできない筈《はず》。王都では終戦の浮かれた雰囲気が漂い始めていた。

それはロバートがいなくなってから三年が過ぎた頃の事であった。

14. 今こそ年貢の納め時？

昼時の食事処は戦場だ。

近隣の勤め人がそれぞれの目的の店へ一斉に殺到し、この店も例に漏れず、むしろ人気の店だから、開店直後にもかかわらず、外には順番待ちの客がいる。

そんな順番待ちの客を早く店の中に入れて捌《さば》かないと。並んでいる人からも注文を先に取って、伝票を店の奥に持っていくと出来上がった定食がどかどかとカウンターに並べられていく。逆に俺は客から取った注文をまるで呪文のように叫び、休んでる暇はないと両手にお盆を持って客の元へと向かっていく。すると満員の店内にどかどかと傭兵《ようへい》っぽい集団が入ってくるのが見えた。

あーっ！　まだ外並んでるのに入ってくるなよ！

最近このフィライトもきな臭くなってきたから傭兵がかなり増えた。商売としてはいいかもしれないけど、ちょっとマナーの悪い客が増えてしまっている。

「いらっしゃいませー！　すいませーん、今満席でーす！　外で並んでお待ちくださーい」

くるくる店内を回りつつ丁寧に叫び、反復運動のように俺は配膳《はいぜん》を繰り返していた。横目で見れば、とりあえず傭兵っぽい奴《やつ》らは素直に外に出てくれたようだ。よかったよかったと俺はまた仕事に戻る。

「おまたせしましたー」

「なあ、兄ちゃん」

一番のピークを越えた頃、注文の定食を机に置こうとすると、客が俺に話し掛けてきた。んん、どちら様かな？　と首を傾《かし》げる。

「この店に通っててずーっと気になってたんだ。もし違ってたらすまんが、何年か前に駅馬車で盗賊に襲われた時、一緒に戦ったの覚えてねえか？」

ああ！

そう言えばそんなことあったなと俺は頭の中で手を叩《たた》いた。確かこの人盗賊に剣突きつけられてて、ナイフ投げて助けたらその後一緒に戦ってくれた人だ。結構強かったはず。途中の街で降りてた気がするけど、通っているということはフィライトにいたのか。

うんうん思い出した。俺は日替わり定食を声を掛けてきた男の前に置いた。

「こう言うのもなんですけど、俺みたいな地味なの、よく覚えてましたね」

いやホントに。人の記憶の中における俺の残り具合って、今までの傾向から考えると、こういう場合だと盗賊と戦ってた青年がいた。けど顔が思い出せない……ってのがほとんどだ。

「癖のない投擲《とうてき》の姿勢、体幹。それに加えて左右で差がない正確さ。あんた結構めんどくさい時ぽいぽいゴミ投げて捨てたり物投げて片付けてるだろ。それ見てやっぱりもしかして……って思ったんだよ」

「あッ！　それ内緒にしててください！　店長めっちゃ怒るんですよ」

行儀が悪いと分かっていても忙しいとついついなー。店狭いし。これに関しては店長に見つかって何回か横着をするなとこっぴどく叱られている。

「分かった分かった。でもあんたみたいに魔法使いを倒せる程の腕の人間が何で食堂で……？」

「あー……俺、あの後子どもが生まれたんですけど……一人親で子どもがまだ小さいんですよ。だから」

冷めないうちに食べてくださいね、と促しつつ俺が述べた理由に、男は悪いこと聞いたと申し訳なさそうに縮んでしまった。俺は子どもが小さいうちは傭兵稼業をするつもりはないのでギルドに登録せず、仕込みから昼食時間帯までの間だけこの食事処で働いている。しかも産後結構寝込んじゃって、体力も筋力も落ちちゃったんだよね。今はだいぶ戻ってきたけど。

じゃあごゆっくり、と男に言って仕事に戻る。もうピークも過ぎていたのですぐに客はいなくなり、俺はエプロンを外した。

「ロバートお疲れさん！　今日はちっと材料が余ったからおかず作って包んである。先生と子どもに持って帰ってやんな」

「やった。ありがとうございます！　野菜くずも貰《もら》っていってもいいですか？」

「おおいいぞ」

「ありがとうございます！　じゃあ失礼しまーす！」

俺は店の裏口で、人参《にんじん》とか根菜の野菜の皮やキャベツの芯《しん》とかをがさがさ袋に入れて家路についた。おかずを入れてくれたという袋の中を見ると、野菜炒《いた》めと今日の日替わり定食のメインだった魚のフライのいびつなやつが六個も入ってる。やった。晩御飯はこれにスープつけるか卵焼きくらいでいけるな。

今日は一緒に遊んだり、勉強できる時間が増えるなと喜んでいるところに水を差すような気配を感じる。ここのところ毎日だ。でも害意はないから下手《へた》に反応しないようにしていたのだが、今日はちょっと様子が違うようだ。傭兵らしき二人組の男が声を掛けてきた。

「おい、お前――王都ギルドで斥候やってた奴だろ。さっき食堂での話は聞かせてもらった」

「……え……人違いじゃないですかね？　確かに、あの人と乗り合わせた馬車が盗賊に襲われて戦いはしたし、それ以外でも戦ったことはあるけど……」

俺は素知らぬフリで怯《おび》えたように首を傾げた。

片方の男が苛立《いらだ》ち、もう片方は黙っている。

「や、あの……自分で言うのもなんですが、俺って地味で似たような人いっぱいいますし……」

「おいしらばっくれるな……」

「……いや、すまん。人違いだったようだ。もう行って構わない。俺達も行こう」

「は？　何でだよ――っちょ、おい！」

「あ、はい……失礼しますね」

俺はわざとおどおどしながら小さく頭を下げて再び家路についた。しばらく歩いて後ろを探るけど、ついては来ていない。……どうにか誤魔化《ごまか》せたかな。片方の男はずっと試すように剣に手を置いて力を溜《た》めていた。お陰で反応してしまわないようにするのに疲れた。

最近フィライトは隣国との戦闘が頻発している。

それで騎士団も傭兵も数が足りなくて、元騎士とか元傭兵とかを有事だとして強制的に戦場に駆り出している。今はまだ元戦闘職しか無理矢理戦いに参加させるような真似《まね》はしていないけれど、そのうち一般人からも徴兵を始めそうな勢いだ。一般人から徴兵され始めたらもうどうしようもないけれど、今の段階で復帰する気は俺にはない。

そもそもフィライトの状況はよくないかもしれないが、トワイニア全体で見ればもうほぼ勝ったようなものだ。完全に眠れる獅子《しし》を起こしたと、慌てた国々はあらかた降伏し、残るは隣国とその属国だけなので手の空いた王都から応援が来るとの噂《うわさ》もある。俺みたいに小さな子どもを抱えた人間なんかは頼むから見逃して欲しい。

そう。

トワイニアはずっと、頻発する小競り合いに対してあくまで自衛としてその場しのぎで対応していたのだが、一年ほど前にようやく重い腰を上げて隣国に宣戦布告をした。一番大きな戦ではダリウス様が最前線で単騎で戦い、凄《すご》い武功を立てたらしいが……何か地震を起こして軍勢を埋めたとか嵐を起こして吹き飛ばしたとか……何それ人間？　っていう話しか聞かないんだけど。

でもご無事でよかった。

積極的に情報収集ができないから、噂を聞く程度だけど元気そうに活躍しているのを聞いて、ほっとしていた。

「シグただいま〜！」

「おとうさんおかえりなさーい！」

家に帰ると突進する勢いで娘のシグリッドがおつかれさまー！　と俺に抱きついてくる。

シグリッドは、ダリウス様よりちょっとだけくすんだ柔らかい金髪を白いリボンでひとつにまとめた大きな青い目のとても可愛い女の子だ。俺に似ている要素は……猫っ毛と口元くらいか。

荷物置くからちょっと待ってと一旦《いったん》離れて貰い、改めて抱っこして頬にキスをする。

「今日は何もなかった？　先生は忙しそう？」

「けっこうかんじゃさんきてる。まだいるけど、もうおわりだとおもう。きょうはリアちゃんがおかあさんといっしょにきてたからいっしょにあそんでたよ」

「そっかぁ、よかったな」

「うん！」

フィライトがきな臭くなって、医者の需要が一気に増えた。先生は王都にいた頃と同じくらい……いや、下手したらもっと忙しくしている。あまりに忙しそうなときは俺もできることを手伝っているくらいだ。ここは外れだからシグリッドはなかなか友達と遊べないなと思っていたが、皮肉にも患者さんが増えたことで、親と一緒に来た子どもたちとよく遊んでいる。

「じゃあ晩御飯の準備まで、お父さんと遊ぼう？」

「じゃあおそとで石なげ見て！　シグちょっとじょうずになったんだよ」

「練習してたのか？　偉いなあ。じゃあお父さんに見せてくれる？」

「うん！」

シグリッドにぐいぐいと引っ張られるのに苦笑しながら一緒に庭に向かう。

ではさっそくと大きな木に括《くく》り付けた的当てにシグが石を投げる。力はまだそんなにないけど、綺《き》麗《れい》な姿勢で投げた小石は右でも左でも的の真ん中にきちんと当たり俺は唸《うな》って拍手をした。

「すごい。上手《うま》いなシグ！」

「えへへ……」

俺が頭をぐりぐりと撫《な》でるとシグが嬉《うれ》しそうに笑う。

シグリッドは同じ年ごろの子に比べると相当賢くて運動神経がいい。そして先生曰《いわ》く魔力が相当強い。

今はまだいいけど、いずれ然るべきところに相談……その魔力が父親譲りなら、できれば父親のところに相談した方がいいと言われている。まだそれには猶予はあるが、将来のことをきちんと考えなくちゃいけない――……

「誰だッ！」

俺は強い殺気を感じ、咄嗟《とっさ》にシグリッドを抱えて身構えた。すると木の陰から二人の男が姿を現す。

「あんたら……さっきの」

「溜めに反応しないから人違いで素人かと思ったが、わざと反応しなかっただけか。やっぱりお前、元傭兵だろ」

「私はフィライト傭兵ギルドのサブマスターだ。傭兵ギルドの規約により強制任務として傭兵復帰し、フィライトの防衛に携わって欲しい」

騙《だま》されたのはこっちだ。

くっそ……シグが危ないと思わず反応してしまった。無駄だとは思うが一応主張はしてみる。

「俺、一人親で、見てのとおり子どもが小さいんです。できれば見逃してもらえませんか」

「悪いが本人の身体的な事情以外に免除規定はない。任務の間に子どもを預けるところなら用意してある」

「……そうですか。知人に見て貰えないか確認して、駄目ならお願いするようにします」

「じゃあ今から一緒に来てくれ。今日はすぐに帰っていいから」

「食堂も辞めなきゃいけないんだからそんなのは当たり前です」

俺は苛立ちを逃すように溜《た》め息《いき》をついて、抱え込んでいたシグリッドを降ろした。シグは何が何だかという顔で不安そうにしている。

「おとうさん、この人たち、なに」

「えーと……お父さんの仕事のお迎え、かな？　ごめんな。ちょっと今日は遊べなくなっちゃった」

「かえって、くるよね」

「来る来る！　晩御飯しなくちゃいけないし」

そう言うとシグリッドはワンピースの裾《すそ》をぎゅっと握ってちょっと泣きそうになって、堪《こら》えた。俺はそんなシグリッドの頭を撫でてそっと抱き締めると、シグリッドが俺の頬にキスをくれた。

「わかった。おとうさん、いってらっしゃい」

「行ってきます。すぐ帰ってくるから」

にしても何でバレたんだとギルドへの道すがらサブマスたちに聞いてみたら、よそからやってきた傭兵の中に俺のことを知っている人間がいて、余計なことにこの街の傭兵ギルドに、俺がそこそこの腕でしかも魔法使いを倒すのが得意な斥候兵だとバラしやがったらしい。すぐに連れていかれなかったのは、まあいつもの如く、はっきり顔を覚えていないので裏がなかなか取れなかったけど、食堂での盗賊退治の会話や動きで当たりをつけられ、まんまと引っ掛かってしまったというわけだ。

「というわけで……先生申し訳ないんですけど、俺がいない間シグのこと頼みます」

「ロバート……」

こんなことになるとは思っていなかったので、偽名を名乗るまでしていない。だからギルドは本名のロバートで再登録せざるを得ない。まあ、珍しい名前ではないからしたところでどうこうはないとは思うけど。

こうして俺は人手の足りない傭兵《ようへい》ギルドの強制任務という名の圧力により、傭兵に復帰せざるを得なくなったのだ。


「ダリウス様！　ダリウス様っ！　大変ですー！」

屋敷で次の任務に向かう準備をしていると、どたどたと音を立て、叫びながらマシューが駆け上がってきた。私はマシューに叩かれるより先に部屋の扉を開けて迎え入れた。

「マシュー、お前四十過ぎているんだから少しは落ち着け」

「こ・れ・が・落・ち・着・い・て・い・ら・れ・ま・す・か！」

「何だその言い方は。本当に落ち着け」

「あぁぁもう！　見つかったかもしれないんですよ！」

「……！　……本当か？」

「登録情報に間違いはないそうです！」

マシューからの報告を受け、私は急いで情報提供元であるギルドマスターの元へ向かった。

「おう、ヴァレインの旦那《だんな》。当たりかどうかは分からんが、ロバートらしき再登録情報を見つけたぞ」

そう言って傭兵ギルドのマスターが寄こした情報は、奇《く》しくも次に向かうフィライトの街で、「ロバート」という男が斥候兵として再登録した、という情報だった。

15．実際のところ

ギルドに再登録した日、俺は先生とシグと一緒にダイニングで夕食をとっていた。食卓には昼に貰《もら》った魚のフライにソースをかけて、野菜炒めにパンとスープを追加して並べている。

イライラしながら再登録を済ませ、その足で夜の営業準備を始めていた勤め先の食事処に、こういう事情で傭兵に復帰しなくちゃならないので急だけど辞めます、すみませんと伝えに行くと、店長はものすごく怒っていた。「お前と強制的に復帰させられた傭兵以外は全部出禁にする」なんて言い出して宥《なだ》めるのが大変だった。でも俺も宥めたものの、腹は立っているので出禁にされてもいいんじゃないかなとは思っている。

「まあでもよくよく話を聞いたら、今のところは戦闘要員じゃなくて、警備や哨戒《しょうかい》を当番で出来るようにするための人数を確保したいって感じっぽいので、一日おきには帰って来られそうです。これが街に近い位置での戦闘に発展しないうちに、王都から応援が来てくれればいいんですけど」

腹は立っているが有事だし、必要なことなのは分かる。

フィライトは平時だと騎士団だけで事足りているので傭兵の仕事はほとんどない。だからここを拠点としている傭兵が都市の規模に対して少ないから、今回こんなことになったんだよな。人数確保しないと一人あたりの負担が大きすぎるし、そうなってくると疲弊したところを攻め込まれてしまう。

頭では分かるんだけど、いざ自分が集められる側だと嫌だなというある意味わがままではある。でも規約だからなぁ。考えていると、シグリッドの皿が空になっていた。

「シグ、まだ食べる？　ごちそうさま？」

「おなかいっぱい。ごちそうさまでした」

「じゃあお風呂《ふろ》入って歯磨きしようか。今日遊べなかったし、早く寝る準備して、寝るまでの時間お父さんと遊ぼう？」

「うん！」

「ロバート、ご飯ありがとう。片付けはしておくから……話はまた後で」

先生のその言葉に頷《うなず》き、俺はシグリッドと部屋に向かい、普段寝る時間よりちょっと遅くまで遊んだ。

「おとうさん、だいじょうぶ？」

絵本を読み終えた後、枕元に絵本を置き、明かりを消して寝転ぶと、シグリッドが俺の頬に小さな手をぺたりとつけた。眠る前の子どもの手はとても温かい。俺はその手をそっと握った。

「お父さんは大丈夫。ただちょっとお仕事する時間が長くなって、シグといる時間が短くなっちゃうのが嫌だなぁって思ってるだけだよ」

「シグもやだ！　……でもちゃんとおりこうでまってる」

「シグはいつでもお利口だ」

いや本当に。親の贔屓目《ひいきめ》抜きでも手が掛からないし、実年齢よりずっと上の子と喋《しゃべ》っているみたいに思える。もしかしなくてもアルファっぽいよなぁ。

でも子どもだ。

本当に小さな子どもで、俺の宝物だ。

シグリッドは涙目でぎゅっと俺にしがみつく。ごめんな、こんな不安にさせて。俺はシグリッドがすうすうと寝息をたてるまで、そっと抱き締めていた。


「シグリッドは寝た？」

ダイニングには風呂上がりらしい先生が座っていて、お茶を飲んでいた。俺の分も淹《い》れてくれたので礼を言って席に着く。

「オメガだって診断書でも書こうか？」

「それ俺も一瞬思ったんですけどね……」

オメガと言っても結局抑制剤飲んだらベータと変わらないわけだし、本人の身体的理由っていう免除規定で考慮してくれるかっていうと、駄目寄りで微妙だ。せいぜい発情期が重い人はその期間だけ免除になるのが関の山というか。

「傭兵の中にもオメガは少ないけどいるし、理由にならないって言われて考慮されずに、ただただオメガだって知られ損になりそう」

「でもオメガの傭兵って基本番持ちとかじゃないの？」

「そんなにたくさんいるわけじゃないし知ってるわけでもないけど、番なしもいましたよ。それに騎士団や魔法師団にもオメガは一定数いますし」

「そっか……じゃあ駄目だね」

それに俺は産後も結局、発情期《ヒート》も匂いもなかったからな。一応抑制剤は飲むようにしてるし念のために目立たない保護用アクセサリーと首まで覆う服で項《うなじ》を隠しているけど。

もうこうなったら、きりきり働いてさっさと戦いが終わってくれることを願うしかない。

「……魔力なしは隠せるなら隠し通すべきなんだけど、オメガであることを隠し続けてるのは師匠と僕のせいだよね。子どもを産んだ今ならオメガだと届け出てもいいと思うんだけど。抑制剤とか出産費用とか国からの補助でタダになるし」

その金銭負担の免除はすごく魅力的なんだけど、でもなぁ。

「いや……俺が酷《ひど》い目にあわずに生きてこられているのは先生のところでいろんなオメガを見て、直接話を聞いたりしてきたからというのも大きいと思いますし」

孤児院で知識として教えられていても、実際目の当たりにするのとでは全く違う。

先生のお師匠はアルファの医者にしては珍しく、上層のお抱えもしている一方で、下層の人間も診《み》てくれる貴重な医者だった。酷い目にあったオメガを診ることもあり、俺も病院で見るともなしにそういう人を目にしてきた。

トワイニアは表面上オメガ差別がないとはいえ、結局身分差別はあるし魔力差別もあって、それにオメガ性が加わると酷いものになる。オメガはバース性に絡む医療費がほぼタダなので、国で働いている人なんかは、アルファや魔力のある子を産めないようなオメガは税金泥棒だと思っている人も少なくはない。

軽犯罪で捕まって身分が低いからと複数人まとめて放り込まれた牢屋《ろうや》で輪姦《まわ》された人もいた。魔力が少なくて望むような跡継ぎが産めなかったからと花街に売り飛ばされた人もいた。望まない妊娠も無理矢理番《つがい》にされた人もいて、何とか生きてる人もいるけど、残念なことになった人もいる。そんな人たちに「もしオメガだったら気を付けなさい」と言われたことは、心の底に深く焼き付いている。

それでも総合すると、この国《トワイニア》が生きていくのに一番マシなんだよな……。

俺なんか孤児だし魔力ないしオメガだし、ペンダントをつけて擬態したところで魔力の凄《すご》く低い人だからな。やっぱりオメガということは引き続き隠すべきだと思う。

「それに……魔力のない……少ないオメガでも高い魔力の子を産めるって知られるのも、それはそれで危険かな、と」

「それは言えてるかも……シグリッドを産んだことで実績ができちゃったし……。二人で一緒に父親の所へ逃げなって言いたいところだけど、今は駅馬車も運行してないし」

先生は溜め息をついた。でも、そうは言ってもここに住んでることは俺のミスで知られてしまっている。俺たちが逃げたら先生に迷惑がかかるから、逃げるのは本当に最終手段だ。

「……先生、シグのことでもう一つお願いが」

「何だい？」

「万が一俺に何かあったら、シグのリボンをほどいてください」

「……分かった」

先生は頷きつつも、「でもあのリボンは君とお揃《そろ》いのお守りで、シグリッドのお気に入りだからほどいたら僕が絶対嫌われる。それは困るからちゃんと帰って来るように」と言って笑った。

「おう兄ちゃん。強制組はこっちだ」

「うえっ、こんなにいるんですか」

翌日、嫌々ギルドにやってくると、おっちゃんと爺《じい》さんの中間くらいの人に声をかけられる。集まってる面々を見ると老若男女問わず三十人くらいか？　オメガらしき人も二人くらいはいる。ということはオメガを理由にしてもやっぱ駄目だったっぽいな。申し出なくてよかった。

「こんな老兵《ロートル》にまで強制依頼かけられるとは思わんかったよ」

「私も。オメガな上にまだ子ども小さいのに」

次々と顔を出したギルマスやサブマスに文句やブーイングを浴びせ始める面々。

俺だけかと思いきや、聞けばみんな概《おおむ》ね似たような感じで横柄な招集だったらしい。せめて普通に警備や哨戒の協力依頼から入ってそれで駄目なら……みたいに段階踏めばよかったのに。馬鹿だな。

それでもみんな有事だということは理解しているのでひとしきり文句を言った後は大人しく受け入れた。依頼はフィライト領主からとなり、身分的には騎士団に準ずるらしい。給料も高い。その辺りの説明を受けた後は勤務表を確認し、都合の悪い日は当事者同士で話し合い、交代申請するなどして今日のところは解散となった。

だけど、最初のうちこそ一日働いたら一日休みといった風に上手《うま》く回っていたのが、それが二日働いて一日休みに変わり、休みだったのが仮眠や休憩に変わっていく。

敵戦力が増え、怪我人《けがにん》も出始めて次第に雲行きが怪しくなり、あっという間に本格的な戦いになるのも時間の問題という段階になっていった。

16. 穏やかな場所（ダリウス視点）

「――というわけで、私一人で転移して向かう」

「勝手に行かずに一言入れに来たことは評価しよう。だが……おい威圧するな。ちゃんと聞け」

　どうせ言っても一人で行くとは思っていたからな、と騎士団長《ライリー》が眉《まゆ》を寄せながら打ち合わせ用の机に地図を広げ、タイロス山脈の北東部を指さす。

「隣国の兵どもはこの辺りから侵入して来ているから、まずその辺りを駆逐して、進入経路を塞《ふさ》いでからフィライトに向かってくれ。流石《さすが》のお前でもフィライトまで一気に飛べな……飛べるのか……えぇと。飛べたとしても魔力が尽きるだろうから転移事故や暴発がないよう注意して、無理や無茶はしないように」

「ああ。では」

「あ、おい！　ちょ――」

　それを聞いてすぐ、私は転移し、ライリーに言われたとおり敵を駆逐して侵入経路全体に結界を張り、物理的にも地面を隆起させて敵が入って来られないようにした。それを近くの村の防衛に当たっていた騎士達に伝えてからフィライトに飛ぶ。

　フィライトについたら領主に挨拶《あいさつ》だけして、すぐにでも傭兵《ようへい》ギルドに向かおう。

　そう思っていたのに、挨拶に向かった先の領主が激励や景気づけ、歓迎と騎士団の士気や慰労も兼ねて食事会をしたいなどと言い出し、フィライトの騎士団長が微妙な顔をしている。当然だ。そんなのは勝ってからすべきだし、フィライトの防衛には傭兵ギルドがかなりの貢献をしている。その構成員を呼ばないのであれば意味がない。

「どちらかというと祝勝会の時に防衛に携わった全員を呼んで謝辞を伝えた方がよろしいかと。私も今日は転移と敵の侵入経路を塞ぐのに注力して魔力が心許ない。早々に休んで回復に努めますので、明日、共に差し入れとともに激励に行きましょう。私も各現場を見たいですし」

「……すまない。最近戦い続きで皆疲弊していてな。鼓舞する意味合いも込めてそういった場を設けさせて貰《もら》おうと思ったのだが、ヴァレイン殿の言うとおりだな」

素直に聞いてくれる方でよかった。騎士団長からはこっそりと礼を言われ、挨拶もそこそこに騎士団本部へとともに向かってフィライトの状況を確認する。現在大きな戦闘となっているのはタイロス山脈からフィライトに差し掛かる場所の二ヶ所との事だ。最近になって敵戦力側に魔法使いが投入されており、特に整備されていない方の山中での戦闘は遊撃戦《ゲリラ》となっており相当な混戦になっているようだ。騎士団と傭兵併せて総員二百名、怪我等で十名ほど離脱、魔法使いはたった五名で、うち一名は山脈から海まで流れるティーラ川への毒物投棄対応の専属となっており実質四名だ。……この状況で敵側に魔法使いが複数いるのは厳しい。

海の方は敵船の大砲の射程圏内到達見込みは五日後だという。なら先に山脈側だ。戦況を頭に入れつつ、資料の中にあった人員の名簿をこっそり見ると、引退や活動休止中で強制召集された傭兵の名簿の中に「ロバート」の名前を見つけた。三十名程度の名簿でロバートは三名いる。どれが当たりかは分からない。

「海側は大砲や魔法の射程に入らなければ大丈夫だ。私の魔法の射程に入ったら、どうにでもする。それより問題は山脈側だな……一応侵入経路は塞いできたが、もう既にかなりの規模が入り込んでいるではないか。それに加えて魔法使いが敵に……よく死者が出なかったな」

「傭兵ギルドに魔法使い殺し《マジックキラー》……いや、実際は殺していないんですが。魔法使いを倒すのが得意な斥候がいましてね、そのおかげで最初に投入された魔法使いは捕らえております。ただ、複数相手となると厳しいでしょうね……あ、そういえば」

何かをふと思いついたような騎士団長が、書類を運んでいた文官に話しかける。

「あの子とヴァレイン様似てないか？　ほら、町外れの医者先生の所のシグちゃん」

「あぁ……確かに。似ていらっしゃいますね」

シグちゃん？　誰だそれは。

尋ねると、この街の医者の所にいる可愛らしい女の子だとのこと。母親はおらず、父親はその魔法使いを倒すのが得意な斥候らしい。さらに聞けばその男は賢く可愛らしいと評判のシグとやらとは全く似ていない平凡な見た目の若い男だそうだ。

「どちらかと言うと年の離れた兄妹みたいに見えますね。全然似てないけど、とても仲よしで微笑《ほほえ》ましいですよ」

「む……私に似ているというその娘はいくつくらいだ？」

「えーといくつくらいかな……？　見た目は三歳くらいですかね。全然もっとしっかりしている感じがしますけれど」

「傭兵だという父親の名前は分かるか？」

「……ロバート、だったと思います。そうだったよな？」

騎士団長が自信なさそうに文官に確認するが、文官もまた、申し訳なさそうに名前が出てこないと言った。

「みんな兄ちゃんとかあんちゃんって言うからあんまり本名気にしたことないです……すみません。お調べしましょうか」

「いや、大丈夫だ」

名前が一致しているのも当然だが、この、記憶に残っていない感じは、まさにロバートではなかろうか。

子ども。母親はいないという事だったが。

私は手配してくれている部屋には行かず、自分に似ているというシグという娘を見に、聞き出した医者の元へと向かった。

その医者の診療所は住宅街の外れに、こぢんまりと建っていた。この街の中心部で見たいかにも病院といった風情ではなく、清潔にはしているものの、全体的に古ぼけている。建物周りだけ綺麗《きれい》にされた庭に囲いはなく、防犯の観点から見ればあまりよくはないのだが、訪れる者を拒まない柔らかな空気が漂っていた。

野の花が無秩序に咲き誇っている光溢《あふ》れる庭で、麦穂色の髪を白いリボンで結んだ幼女が花を摘んでいる。

こちらに気付いてあげた顔は、確かに私と共通する特徴をいくつも持っていた。一番は碧眼《へきがん》だ。しかし碧眼は珍しくはあるが、ヴァレイン家以外にもいないわけではない。だが。

「かんじゃさんですかー？」

そう言って声を掛けてきた幼女は……私に非常によく似た高い魔力を内に秘めていた。

この子は私の子だ。

「……こんにちは。私は患者さんではないが、先生に用があるんだ。君は先生の娘さんか？」

私は違うと知りつつ、幼女に向かってそう尋ねた。

「ううん。シグはここにおとうさんとすんでる。おきゃくさん？」

私が頷《うなず》くと、せんせいはこっちだよと言って、診療所の扉を開いた。

「せんせーい！　かんじゃさんじゃないけど、おきゃくさんがきましたよー」

「お客さん？」

シグが扉を開けると、さほど広くはないが、やはり中も清潔に整頓《せいとん》されている。明るい診療所の奥から、声を聞きつけ出てきた医者は私より年上のようだが、優しそうな見た目の、思ったよりは若い男だった。

「……貴方《あなた》様は……」

どうやら私を知っているようだ。素早く姿勢を正して深々と礼をするその様子を、シグが不思議そうに見つめている。

「突然申し訳ない。患者が捌《さば》けてからで構わないので貴殿と話がしたい。この子と一緒に庭にいるから終わったら声を掛けてくれ」

「承知いたしました」

「あれ？　なんででてくるの？」

「他の患者さんがいるからな……待ってる間、相手してくれないか？」

「うん、いいよ」

シグが頷いて、こっちこっちと花を摘み始めたので、一緒に摘む。適当に摘んでいたら長さが足りないと叱られた。花冠にするために摘んでいたようだ。協力して編んで一つ花冠が出来上がったので、頭にかぶせてやった。

「似合っている。あとそのリボンも似合っているな」

「えへへ……ありがとう。これおとうさんがつくってくれたおまもりなんだよ。おそろいなんだよ」

そう言って、嬉《うれ》しそうにほわっと笑う。

――この、笑い方。

ロバートと同じだ。

「……でもおとうさん、おしごとであんまりかえってこないの」

そう寂しそうに俯《うつむ》くシグの頭を私はそっと撫《な》でた。この癖のない柔らかい猫毛もロバートと同じだなと思った。そして、このリボン……よくよく見ればロバートを拘束した時にかませたハンカチだ。これは私のイニシャルとヴァレイン家の紋章が刺繍《ししゅう》されているはずだが、上手く見えないように縫い込んである。

「大丈夫。私は君のお父さん達の仕事を終わらせるためにこの街に来たんだ」

「……ほんとう？　じゃあおとうさんかえってくる？」

「ああ。約束の証《あかし》にこれをあげよう」

そう言って私はヴァレイン家の紋章が入ったカフスボタンを外し、紐《ひも》を通してシグの首にかけた。

この子の身に何か危険があったりした場合に護りが発動するよう、私に分かるよう魔法を掛けた。

「おじさん、ありがとう！」

この、笑い方。

でもロバートは緩いといった風だが、この子の笑みは華やかだ。

花綻《ほころ》ぶような笑顔と唐突なおじさん呼ばわり。その差に何とも言えない気持ちになったが……こんな小さな子から見れば自分はおじさんか。

「お待たせして申し訳ありませんでした。シグ、僕はこのお客さんと大事なお話があるから、このままお庭で遊んでてくれる？」

「はーい」

返事をしてまた花を摘むのに戻ったシグを横目に診療所に入った私は、単刀直入に医者に尋ねた。

「あの子……シグは、ロバートが、産みの親だな？」

「はい。……ヴァレイン様、貴方様が、シグ、シグリッドの父親ですね」

ああして並ぶととてもよく似ていらっしゃる、と医者は言った。

「大したものではありませんが」

医者がお茶を淹《い》れてくれたので、礼を言って口をつける。

「私の事はご存じのようだが、改めてダリウス・ヴァレインだ」

「私はオリヴァと申します」

言葉遣いはいつもどおりで構いませんかとの問いに是、と返す。

このオリヴァという医者によると、ロバートはシグことシグリッドを産んだ後、傭兵であったことを隠して食堂で働いていたが、フィライトが戦場になり始めた頃に傭兵だったことがバレて、無理矢理復帰させられたそうだ。

「ええと……貴殿は、ロバートの……」

「医者かつ知り合いのお兄さん、みたいなものですよ。ロバートは亡くなった僕の師匠が最後まで気にしていた患者でして。ただ、僕の事情で診《み》てあげられなくなってしまったのが、いきなり訪ねて来たと思ったら身籠《みご》もっていて……大変驚きました。貴方様が父親だとして、もうシグが産まれて三年以上が経《た》っております。どうして今更訪ねて来られたのですか？」

オリヴァ医師は笑みを消した。しかしすぐにまた柔和な笑みを浮かべ、「ただ僕は、何だかんだ言ってここに来る以前に何があったのか詳しくは教えてもらってないんですよ。だから教えてくれませんか？」と言った。

「――えーと……まさか相手から話を聞いても何でそんなことになるのかよく分からないとは」

求めに応じてこれまでの経緯を説明したところ、オリヴァ医師は眼鏡《めがね》のブリッジを押さえ、困り果てている。

「……すまない。ところで、何故《なぜ》詰所に行くのをそこまで嫌がったのか、分かるか？」

「それは、恐らく魔力がないとバレた上に、貴方様の暗殺の容疑者となるとどんな目にあうかが分からなかったからと……無事だったとしても取り上げられたものが返って来ない可能性が高かったからでしょう。特に形見のペンダントは価値がある。盗品なり違法な生業《なりわい》で入手したものだとか難癖をつけて、返してはくれないでしょうね」

なかなか下々まで目が行き届かないのでしょうが、僕が診てきた患者にも騎士団に捕まって酷《ひど》い目にあった身分の低い人間は時々いましたよ――淡々とオリヴァ医師は語る。

「あの子は境遇として三重苦です。努力と危険察知と運で何とか上手《うま》く、そんなに辛《つら》い目に遭わずに生きてこられたけれど、それがいつまでも続くとは限らない」

シグのこともありますし、できればこれからも辛い思いはして欲しくないんですよ、とオリヴァ医師は言った。

「恐らくですが、ロバートは貴方様に気持ちがないわけじゃない。分からないだけだと思います。……まあ、はっきり言って手強《てごわ》いと思いますけど。自分がそういう意味で好意を向けられることはないと思ってますし、天然で抜けてるところもなくはないですし。無理矢理というのはやめてくださいね。あ……そろそろシグを中に入れてあげないと」

その言葉を合図に私は席を立った。

「私は一旦《いったん》これで失礼する。……次はロバートをここに帰しに来る」

「はい。お待ちしております」

オリヴァ医師が呼ぶと、私と入れ替わりでシグリッドが診療所に入ってくる。またな、と頭を撫でると緩く笑った。

「おじさんばいばい。がんばってー！」

手を振るシグリッドに手を振り返し、気持ちを切り替える。とにかくさっさと終わらせて話がしたい。色々な事を。

……できればその時にはおじさん呼びを是正したいところだと思いながら、戦いに備えるため、私は光溢れる穏やかな場所を後にした。

17.　ほぼ神様な気がする

「何でギルドばっかり山中での遊撃戦《ゲリラ》なんだよっ！　楽な戦場ばっか取ってんじゃねーよ騎士団！」

「全くです！」

そう吠《ほ》えながらギルド側のリーダーが敵を切り捨て、投げナイフや投擲《とうてき》用の魔道具の残数が心許ない俺も怒りながら、敵の顔や武器を持つ手、膝《ひざ》なんかに思い切り石を投げつける。

いいのか悪いのか、敵の魔法で地面や斜面が抉《えぐ》れたり岩が砕けたりしているので投げるのにいい感じの石には困らない。鋭い破片が敵の腕に刺さって武器を取り落としたところを、別の傭兵《ようへい》が倒していく。

半公益とはいえ……いや半公益だからこそか？　フィライトの傭兵ギルドは立場が弱い。下請けは辛いな。そこに所属する人間の立場なんてもっともっと弱い。

近頃戦いの規模はどんどん大きくなっていて、俺は、街の防衛の最前線にいた。山の中での遊撃戦は本当にしんどい。ただ、一人親で小さな子どもを抱えているのを無理矢理引っ張り出しているのを、騎士団もギルドも多少申し訳なくは思っているみたいで、しょっちゅう謝られる。いや……何の足しにもならない謝罪なんていらないから帰らせてくれ。

フィライトの騎士団も傭兵も頑張ってはいる。でも相手の方も、今までより強い魔法使いを投入してきていた。

「一旦離脱します！」

そう叫んで投擲武器や魔道具を補充するために拠点に下がりながら戦場の様子を見ると、山が抉られ、風になぎ倒された木が燃えている。魔法というのは本当に反則的な力だと思う。魔力切れがあるので上手くちょろちょろして大きな魔法を使わせ、魔力を消費させれば魔法使いは引っ込んでいくが、その代わりに山が犠牲になってしまっている。段々見通しがよくなってきていて自然破壊も甚だしい。

何とか魔法使いを倒したいと思うんだけど、前の奴《やつ》らをあっさり倒して捕まえてしまったからか、魔法使いが単独行動にならないようにめちゃくちゃ警戒されている。失敗した。

しかし……現状何とかなっているが、魔法は必死で生きる術《すべ》を身に付けた凡人をあざ笑うかのように、戦況を一変させる。それこそもう一人魔法使いが投入されれば、もしくはこのまま山が削れてしまえば一気に押し負けてしまうだろうし、そうでなくてもこのまま王都から応援が来るのが遅ければ防衛線が更に下がって都市部に被害が━━シグや先生のところにまで被害が出るかもしれない。

俺はとにかく敵の魔法使いをどうにかしたいと、同じく一旦下がってきたギルド側のリーダーと相談し、指揮官をしている騎士の元へ向かった。

「このままではジリ貧だ。ここが崩れればそのまま進むか道側での戦闘に集中するかは分からんが、いずれにしても街が戦場となっちまうだろう」

「何人かで協力してあの魔法使いをどうにかしてきます……ぅわっ！」

俺は突然誰かに頭を摑《つか》まれた。気配がなかった。痛くはないけど全く逃れられる気がしない。

「その必要はない。私が出る」

――この声は。

俺の頭を摑んだのはダリウス様だった。

ダリウス様は俺の頭を摑んだまま拠点内を見回す。

「ざっと見た感じ、結構な人数が程度は違えど戦闘によって興奮状態《ハイ》になっているから皆少し休んだ方がいい。私一人で相手をするから討ち漏らしの対処と倒した者の捕縛を頼む」

（もう逃げるなよ）

そう指示をした後に俺の耳元で囁《ささや》き、みんなが止める間もなくそのまま正面から堂々と敵に突っ込んで行く。

――そこからは独擅場《どくせんじょう》だった。

ダリウス様は本当に強かった。軍神がいるのならきっとこんな感じなんだろうと思った。

敵の魔法使いの魔法を、正面からあっさり防ぎ、それ以上の魔法を敵陣に撃ち込む。

雷が落ちて大地が割れ、嵐が敵を吹き飛ばしていく。

首を取ろうと直接襲い掛かってくる人間を、剣も抜かずに魔法や格技であっさり無力化して倒し、一人で薙《な》ぎ払《はら》っていく圧倒的な力量。

俺はもちろん、騎士団の人間も傭兵連中も啞然《あぜん》としている間に、ダリウス様は本当に一人で敵を壊滅させてしまった。一騎当千とか、国防の要《かなめ》とか言われているのは有名な話なので当然知っていたけれど、ここまで規格外だとは。想像を遥《はる》かに超えていた。しかも戦闘終了後、抉れた山の斜面や燃えた木の一部を直している。

「は、は……凄《すご》い。反則だろ、こんなの」

誰も彼もがもはや乾いた笑いしか出てこない。俺たちの決死の覚悟は一体何だったんだろうって。魔法は必死で生きる術を身に付けた凡人をあざ笑うかのように戦況を一変させた。あとは倒されて転がる敵を縛り上げたり魔封じを行っていくだけだ。

こうして敵の魔法使いにより押されていたこの戦いは、ダリウス様によってあっさりと勝利したのだった。

なお、もう一つの戦場は先に戦いを終わらせて来たそうだ。

「あちらは見通しも良かったし、場所も広くて混戦でもなかったから味方の退却が完了したらすぐ片がついたぞ」

「いや……こちらも大概すぐでしたが……本当にありがとうございました」

指揮官をしていた騎士が頭を下げ、みんなそれに続いて頭を下げる。ダリウス様はそれが私の仕事だから気にするなと言いながらも、素直に感謝の言葉は受け取っていた。

戦いは終わった。

とは言っても色々な後始末がある。シグの顔が早く見たいという気持ちが強かったけれど、そういうわけにもいかない。家族の元に早く帰りたいのはみんな同じだ。それにダリウス様に逃げるなよと言われている。

俺はあらかた後始末が済んだところでダリウス様の元へ向かった。

「ダリウス様」

「ロバート、久し振りだな。随分探したぞ」

うぅ……。

声音は優しいけど、目が笑ってない。

蛇に睨《にら》まれた蛙《かえる》のように固まる俺に、ダリウス様は溜《た》め息《いき》をついて胸元から何かを取り出す。それは俺がダリウス様の屋敷に置いてきたペンダント型魔道具だった。

「ロバート。これはお前にとって大事な親の縁《よすが》で、取り上げられたくないのも詰所を嫌がった理由の一つなんだろう。何故《なぜ》置いていった」

「いや、俺はそもそも……逃げた当初はマシューさんが帰って来たら屋敷に戻るつもりだったので……そんな短期間で捨てられるとも思わなかったですし……」

「今日の所はまあいい。話は明日以降だ。ゆっくりじっくり話をしたいし、シグリッドとオリヴァ医師にお前を家に帰すと約束したからな」

「えっ……何でシグリッドと先生」

どうして。

驚き固まっていると、ダリウス様は「取《と》り敢《あ》えず……」と言って、残していった方のペンダントを俺の首に掛けた。

「これでもう何処《どこ》にいても分かる。もう一つのペンダントの魔力も覚えたからな」

「えっ」

試しにペンダントを引っ張ったり、頭から抜こうとしてみたが。

「……取れない」

「また逃げられたら困るからな。お前は前科一犯だ」

そう言って苦笑するダリウス様。

手厳しいと言って笑うと「お前が言うな」と叱られた。仰《おっしゃ》るとおりです。

「行くぞ」

「はい」

身体《からだ》は重いけど、シグの顔が見られる。もう戦いについても大丈夫。そう思えば心は軽い。足も、もうひと頑張りできる。ダリウス様はかなりゆっくり歩いてくれていたけど、俺は歩くので精一杯だった。言いたいことはいっぱいあるだろうに、話は明日以降というのを律儀に守ってくれている。ダリウス様が相変わらずダリウス様らしくて、何だか嬉《うれ》しかった。

「ただいまー」

「おとうさんおかえりなさい！」

「ロバートおかえり！」

診療所に帰ると、庭先にいたシグリッドが、突進するように抱きついて来て、転びそうになった俺をダリウス様が支えてくれた。まだ海側の戦闘が終わってないから明日はまたギルドに行かなくてはならないけど、ダリウス様がいれば正直あっという間に片がつくんだろう。

「おじさん！　ありがとう！」

俺のお腹《なか》に頭をぐりぐりしていたシグリッドは、ひとしきりぐりぐりしたあと、顔を上げて元気よくそう言った。ダリウス様は若干ひきつりながら頭を撫《な》で、「また明日」と言って去っていく。

……本当に色々問い詰めたり責めたりしたい気持ちもあるだろうに、今日は最後まで何も言わなかった。それに感謝しつつ、俺は久し振りにシグリッドを抱き締めてその柔らかい頬にキスをした。

なお――

海側から攻めてきていた船団については、翌日ダリウス様が船を出させ、騎士団とギルドから選抜された人員とともに迎え撃った。

どんどん撃ってくる大砲を魔法であっさり防ぎながら、「あの新しいやつだけ迷惑料代わりにするか」とダリウス様が呟《つぶや》く。

一体どうするのかと思ったら、比較的新しくて立派な船の周りだけ海を凍らせ、残りの船に関しては、局地的に嵐を起こして大破させた。

興奮して叫んでいたギルドの魔法使いの解説によれば、風と水と雷の魔法を組み合わせるだけでも凄いのに、それらを常人ではあり得ない威力で展開して、小範囲を指定・制御しているとのこと。広範囲にぶっぱなすよりずっとずっと難しいそうだけど……うーん、凄いということ以外何も分からん……。

魔法の仕組みがあまり分からない俺は、嵐を起こせるとか……そんなのもう、ほぼ神様じゃないかと思いながら、ダリウス様を見つめていた。

18．取り敢えず畳み掛ける（ダリウス視点）

隣国を退けてから一週間後。

ある程度の後始末が済み、領主主催による祝勝会が行われた。

日中に庭園を開放し立食形式《ビュッフェ》で開かれた会は、傭兵も招待しているため、服装も普段着でよいとの事で、私も装飾の少ない衣装で参加していた。

挨拶《あいさつ》や謝辞が落ち着いてきた頃、私は会場でロバートを探した。ペンダントを頼りに探して見つけたロバートを遠目に改めて眺めると、そこそこ長かった髪は刈り上げられ、やはりそばかすもなくなっている。こうして見れば、このような人がたくさんいる場所では本当にこれといった特徴のない茶髪茶色目の青年だ。

そんなロバートは、傭兵仲間らしき比較的若い男女の数名で集まっているが、何故かその集団は祝勝会の明るい雰囲気に似つかわしくなく、少し暗い雰囲気を漂わせている。

近づいてロバートに声を掛けると「ダリウス様、お疲れ様です」と言って緩く笑った。周囲がロバートに魔法騎士様と知り合いなのか？　と尋ねるので、以前ロバートが私の家に勤めていたと伝えると、皆驚いて興味本位の質問をいくつかした後「じゃあ色々お話もあるでしょうから我々はこの辺で……」と傭兵《ようへい》達は気を遣って二人にしてくれた。

「よかったのか？」

「あ、はい。大丈夫です。ここでいくら愚痴ったところで解決する話でもないですし」

「愚痴？」

ロバートも含めて集まっていたのは皆、有事だからとギルド規約で強制的に招集され、フィライト領主の依頼を受けさせられた活動休止中の傭兵や引退傭兵のうち、仕事を辞めざるを得なかった面々だそうだ。

「だから就職活動しなきゃいけないね、仕事見つかるかなぁって話してたんです。単に年齢的な問題で引退していた人もいますが、自分の身体に問題がなくて引退とか活動休止してた人は、子育て中とか家族が病気とか傭兵では駄目な事情があるので。元の職場に復帰できればいいんですけどね」

戦い続きだったからだろう。そう話すロバートは再会直後よりはマシではあるものの、目の下にはうっすら隈《くま》が残っており、少しやつれている。

「いや、それはいくら何でも……領主命令で強制招集したのだから領主とギルドが差配と補償を行う案件だろう。流石《さすが》にそんな考えなしではないと思うぞ。念のため早々に方針を示すよう、私から申し上げておこう」

「えっ本当ですか!?　ありがとうございます。みんな喜びます！」

喜ぶロバートに、それよりもと持っている手付かずの皿を渡して、肉や栄養価の高そうなものを載せていった。

「もっと食え。お前痩《や》せすぎだろう」

「そんなことないですし、ちゃんと食べてますよ。こんな高級で美味《おい》しいご飯は久し振りなので。しかしダリウス様、俺に何か食べさせるの好きですよね」

そう困った顔で笑うのは以前と全く変わらない。

ああ、ロバートだ。ただただそう思った。

「諸々《もろもろ》も粗方《あらかた》落ち着いたことだし、ゆっくり話がしたいのだが」

「……はい。分かりました」

「まあ、まず食え」

神妙な顔で頷《うなず》いたロバートに食事を摂らせ、私たちはそっと会を抜け出し、宛《あて》がわれている部屋に戻り、陽当たりのいい窓際の席に座った。会では普通に話していたものの、改まると切り出し方が分からない。陽の光とともに沈黙が私たちの間に落ちるのを眺めているような気分だ。

口を開こうとしたタイミングで、部屋に戻る途中で頼んでおいたお茶が運ばれてきて、テーブルに並ぶ。それにお互い口をつけたのを切っ掛けに私は話を切り出した。

「……お前、オメガだったんだな」

「はい。オメガだと分かったのは逃げてからなんですけどね」

ロバートはオメガであることを隠していたわけではなく、魔力がないことを隠していたのと、魔道具を取り上げられてしまうから騎士団にはどうしても行きたくなくて逃げたんです、と言った。

「だからあの時、逃げてる間にマシューさんが戻ってきて、誤解が解けて騎士団に連れて行かれることがなくなったら戻ろうかと思ってたんですけど……」

妊娠に気付き、自分がオメガだと気付いた。だから逃げたのだ、ともロバートは言った。

「──〝だから〟？」

「……ベータだと思っていたのにオメガだったのも嫌だろうし、何よりダリウス様のご実家の問題があるから腹の子ごと始末をとかって狙われるかもしれないな、と」

「言えない雰囲気にしていたのは私の事情が原因だから私が悪い。だがせめて手紙や手がかりは残していけ。お前を探すのにどれだけ時間が掛かったと思っている。あまりに見事に消え過ぎて、一周回って騎士団に疑われていたんだぞ。しかもやっと見つけたと思ったら子どもがいるだなんて」

「……すみません。怒ってますよね……三年以上経《た》つのにずっと探されてたなんて思ってなくて。でも、勝手ですがシグを産んだことは何と言われても後悔はしていません」

「それは怒るだろう。気になっていた……好いた人間が、訳の分からないうちに突然消えてやっと見つけたと思ったら自分の子を産んでいたんだぞ。成長を見逃した上に子におじさん呼ばわりされる私の気持ちも考えろ」

「えっ」

ロバートは目を丸くして素で驚いている。

「……好いた人間……ってどういうことですか」

「そのまんまだ。それに明確に気付いたのはお前が消えた後だがな」

「だ、ダリウス様？　……俺、こんなですけど一応オメガですよ……？　あんなに女もオメガも嫌だって、嫌いだって言われてたじゃないですか……」

そう言った後、ロバートは、はっと何かに気づいたような顔をする。

「――俺、子どもはできましたけど、匂いを感じることもできないし、発情期《ヒート》も結局ないままなので、残念ながら虫よけにはなれませんよ？」

何でそうなる。

「阿呆《あほう》か。そもそも子を産んでいたことを知ったのはここに来てからだし、そんな理由でこんなに探すわけないだろう。確かに女やきらきらしいオメガ、種を欲しがるような者は好かんが……。気になる人間がベータでどうしたものかと思っていたくらいだから、オメガだというのはむしろ歓迎事項だが」

「えっ」

正直こんなに混乱しているところに畳みかけていくのは可哀相《かわいそう》な気がしないでもない。だが、あの医者が言った通りロバートは手強《てごわ》い。無理矢理どうこうする気はないので今回連れて行くことは叶《かな》わないかもしれないが、せめて言葉の杭《くい》は打っておきたい。

それと、逃げた理由の中に「自分はオメガで私がオメガ嫌いだから」ということの意味に気付いてはいないが、少しは私への気持ちもあるのだろう。

「お……俺、魔力なしですよ」

「知っている」

「匂いも、発情期《ヒート》もない出来損ないのオメガですよ」

「それも知っているし、さっきも聞いた」

「見た目も悪くはないですけどよくもないですよ」

「まあ、一般的に言えばそうだな。地味だし」

私たちの間に再び沈黙が落ち、しばらくした後、それに耐えかねたロバートが言葉を絞り出した。

「……なんで？」

ロバートは心底理解できない、といった顔をしていた。しかし目に浮かんでいるのは猜疑《さいぎ》ではなく困惑だった。

「確かに暗殺者を雇って送り込んで来るご家族はどうかと思います。だけどそれさえ除けばダリウス様は何でも持ってる。ダリウス様みたいな身分も力も何でも持ってる美形のアルファが、俺みたいに何も持ってない人間を好く意味が分からない。何で……？」

「お前とのことは最初が最初だし……今思えば最初の衝動から、予兆だったと思わなくもないが。雇い主に手籠《てご》めにされたのに変わった奴《やつ》だなと思ってから、ずっと気になって観ていた。明るくて真面《ま》目《じめ》で仕事ができて確かに外見は可もなく不可もなく……」

「事実だけどひどい」

「だが、笑った顔がいいな、と思った」

印象に残ったあの柔らかい緩い笑顔。それが一番最初だった。

「ひとつきっかけがあれば、いいと思うことなんて大なり小なりすぐ増えていく。何か突出したことや特別なものはなくても、小さな積み重ねで増えていく気持ちもあると、私は思う」

私はロバートを探すにあたって、色々なところから話を聞いた。

「だが私は、お前の口からお前のことを聞きたいと思うんだ」

私は席を立ち、ロバートの側《そば》に行って足元に跪《ひざまず》いて希《こいねが》う。そして以前より硬くなった苦労の刻まれた手をそっと握る。
その指先を通して気持ちが伝わればいい、そう思った。

19. 俺のこと

ダリウス様は俺のことを知りたいと言って俺の手を握った。

それは、力まかせに握り込むのではなく優しく包み込んでくれているのに、少しもゆるがない感じがする。手を握られているだけで全てが包まれている安心感があった。

「えっ……俺だけひたすら半生をしゃべる感じですか」

「そうだな」

えー……せめて質問形式にしてくれないかなぁ。

でも全く引く気はなさそうなので、俺は諦《あきら》めて物心ついた頃……サンセト孤児院にいた頃からのことを、ぽつりぽつりと話し始めた。

自分が捨てられたのは恐らく魔力がなかったからだ、ということから。

それでも俺を捨てた人は、きちんとした孤児院に捨ててくれた。そしてこの魔道具に俺が所有者であるという魔法をかけて一緒に置いていってくれた。この魔道具はけして安いものではないから、捨てた人なりに俺のことを考えてくれてはいたんだろう。

だから俺は一生懸命生きるし、生きることは諦めないし、暗いことはなるべく考えないようにしていた。

ダリウス様曰《いわ》く、このペンダントには一定以上の力を持つ魔法使いでなければ、上書きできないくらいの魔法が掛かっている。でもこれに上書きが可能な力を持つ魔法使いが興味を持つ程の魔道具ではない。簡単に取られてしまわないように、そこまで考えた上での物だろうとのことだ。そうなんだ。そう言ってもらえるのはちょっと嬉《うれ》しいな。

そう、何だかんだ俺は恵まれていて、上手《うま》く危険を避けられているから酷《ひど》い目には全然あってない。

「俺に魔力がないのをいち早く気付いたのは、亡くなった大先生——オリヴァ先生のお師匠様だそうです。そのお陰で俺は院でも育て方をしっかり考えてもらえて、そして診療所で身分が低かったり、魔力が少ないオメガを取り巻く厳しい現実も早くに学べたので、自分の立ち回り方を早く学ぶことができた」

魔力がない分、成績などが基準以下になった時、真っ先に転院させられるのは自分だとずっと言われていた。魔力がある子はまだそれが期待値になるけど、俺にはそれが全くない。運動能力も頭も花形になれるほどのものはないだろうというのも比較的早い段階で見えた。だから投擲《とうてき》や短剣術など他の子が目指さないような技術を磨いたのだ。

何とか頑張ってサンセトの院にいられる基準を保つことはできていたけど、魔力の次にバース性の問題が起こった。

一回目の検査でバース性が判明しなかったことは、俺はもちろん、先生も誰も大したことだとは思っていなかった。お前どう贔屓目《ひいきめ》に見てもベータなのにな、ってみんな言ってたし、俺もそう思っていた。それにバース性が判明しなかった人間のバース性がはっきりするきっかけの一つは、性のめざめ……男だったら精通、女だったら初潮が第一のきっかけだ。一回目の時は俺、精通がまだだったのもあったし。

けれどその後行われた再検査でもバース性が判明しなかったことで、雲行きはかなり怪しくなった。成績や能力などの基準は上位の下の方ギリギリくらいはあったから、院長は俺を騎士団にも役人にも文官にも推薦してくれた。でも魔力がない上にバース性が不明な者を採用するのは難しいと書類選考の段階で全てはねられてしまったのだ。ベータのつもりで採用してオメガだったら運営上問題があることも分かるし、オメガの採用枠を潰《つぶ》すわけにいかないのも分かる。

でも頭では分かっていても、納得できるかは別の話。今回の強制依頼と一緒だ。

何か突出しているものや、せめて魔力さえあれば。

あの時だけはさすがにちょっとくさくさしていた。悪いことは重なるもので、ちょうどその頃にずっとお世話になってた大先生が亡くなってしまい、結局就職先もいいところが見つからなくて、俺は院を出るギリギリで傭兵《ようへい》ギルドに登録した。ギルドは男女性の登録は必須《ひっす》だが、バース性の登録は任意だ。

院を出てからはギルドで短期からせいぜい近隣の中期依頼を受けながら仕事を探していたけれど、王都で手堅いところに就職しようと思うと、バース性の採用枠を決めてるところが想像以上に多くて俺は手詰まりを感じていた。

そうこうしているうちに、オリヴァ先生が家の都合でフィライトに行くことになってしまって。先生は王都から去る前にまた検査をしてくれたんだけど……やっぱり駄目だった。

本当は人の多い王都にまぎれこんで生きるのが一番いいんだけど、このまま王都にいても仕方がないかもしれないなと思い始めた頃に、昼飯を奢《おご》ってやるというギルマスの言葉にほいほい騙《だま》されてギルドに行ったらマシューさんからの依頼を受けることになって。まぁそれでお屋敷に勤め始めて、ダリウス様とああなったわけである。

親なしで魔力なし、ベータかオメガかも分からないその日暮らしの俺と違って、アルファで身分も高くて容姿も魔力も強さも持っていて、国防の要《かなめ》なんて言われてこんなに何でも持ってる人なのに、自分を殺そうとするような家族に気を遣って性癖まで歪《ゆが》んでしまってめちゃくちゃ気の毒だな、と何目線か分からないけどそんな風に思ってた。立場的に花街にしょっちゅう通うわけにもいかないだろう。俺をベータだと思った上で責任を取るだなんて言って、変わった人だけど悪い人ではない。

本来雲の上の人なので、近寄りがたい雰囲気の人ではあるし、疲れるとちょっと威圧しがちなところはある。でも基本的に下の者にも優しい。マシューさんと話していると子どもみたいに見える時があって、屋敷の使用人にはかなり好かれていた。

初めて繋《つな》がった後は、何事もなかったかのように通常業務に戻って、また関係を持ち始めてからもそう思った。ただ話すのも楽しかった。やたらと飯を食えというのは止《や》めて欲しかったけど。

何より俺、性欲ってほとんどないのにダリウス様とするのはすごく気持ちがよくて、正直もっと……と思った。人と触れ合うことって上手く言い表せないけど幸せな気持ちになれるんだなって。そういう触れ合いなんてしてきたことがないからそう思ったのかもしれないけど、今後そういう体験をまたできるとは思えない。だから、こんな俺を求めてくれるなら、依頼で屋敷にいる間はお役に立てたらなと思った。あと……もしかしたらこれでバース性がはっきりするかもしれないという打算もあった。

　バース性がはっきりするきっかけのもう一つは性行為だ。けれど結局、ダリウス様とセックスしても匂いとか発情期《ヒート》とか後ろが濡《ぬ》れるとかオメガの特徴が現れることもなかった。

　一応関係を持ち始めて最初の方は、念のため市販の避妊薬を飲んでたんだけど、結局オメガの特徴も現れなかったし兆候もなかったので飲むのを止めてしまった。

　今思えば軽率だったけど、仮にオメガだったとしても発情期がなければ──特に男のオメガにとって、発情期は女性の月経と同じで子を産める体だという証《あかし》だから、それがなければ妊娠はしないと一般的には言われている。だから大丈夫だろうって。

「で、屋敷で働きながら暗殺者を倒してお小遣いを稼ぎつつ、ダリウス様のお相手をしていたんですが、あの出来事が起こって、逃亡からの妊娠発覚というわけです」

「……それからは？」

「えーと……ギルドで貯金を下ろして、もう一つのペンダントを貸金庫から出して、その足で花街に髪を切りに行って……駅馬車に乗ってフィライトにいるオリヴァ先生を訪ね、協力してもらってシグリッドを産みました」

　やっぱり心の奥底では自分が捨てられた子だったのは嫌だったんだろうなって思う。それと、ダリウス様の子だったからかな？　妙に強く「絶対に産んで育てたい」って思ったんだよな。

　産む時にトラブルはあったけどシグは無事産まれてくれた。俺自身はその後なかなか本調子に戻らなかったけど、貯金のおかげでゆっくり回復と子育てに専念できた。

正直シグは普通の赤ちゃんより成長する速度が早かったから、働きに出たらいろんなことを見逃してしまったかもしれない。これはダリウス様のところで貰《もら》っていた給金のおかげなので感謝だ。

そしてシグに手が……いや元々手の掛からないいい子なんだけど、より手が掛からなくなってきたのを切っ掛けに食堂で昼間だけ働いていたけど、ひょんなことから元傭兵だとバレた。

そして復帰させられて強制依頼を受ける羽目になって……今に至る、と。

そして――

「ダリウス様が来てくれて戦いが終わって本当によかった。本当に嬉しかった。助けていただいてありがとうございました」

そうダリウス様にお礼を言って、俺はとりとめのない自分の話を締めたのだった。

20．環境整備という名の外堀（ダリウス視点）

ロバートの話は、色々な者に聞いた内容や調べた内容と乖離《かいり》していない。しかし、私に対するものは、他の誰からも聞く事が出来なかったものだ。ロバート自身も突然尋ねられ、混乱しながら吐露していることもあり、自分の気持ちを整理しきれていない。それでも打算だとか分からないなどと言いながらも、私の存在がこの青年の中にきちんと刻まれていることを嬉しく思う。……屋敷の皆に子どもみたいと思われていたという事実にうっ、となる部分はあったが。これに関しては八割方マシューのせいだし、今はどうでもいいと頭の中で振り払い、礼の後にまだ何か言おうとしているロバートに意識を集中させた。

「あの……俺、本当に馬鹿なんですけど……生まれた子に魔力がない可能性は覚悟してたんですが、生まれた子の魔力が高いことは想定してなくて。だから、恥を忍んでこっそり連絡取ろうかなとも思ったんです。でも、できなくて」

確かに、魔力の少ないオメガからは高い魔力の子が生まれないという事は聞いたことがある。

「側《そば》に置いておくのは危ないかもしれない、先生からもシグはかなりの魔力を持っているからいずれは然るべきところで育てないといけないって言われてて。でも俺は逃げたので……どの面下げて今更頼るのかという気持ちもあったし、シグの存在が知れて命を狙われたり、ややこしい事態になったりしたらどうしようとか……色々考えはしたけど、結局のところ、それより何よりシグの手を俺の方がどうしても放すことが、できなくて……」

この街に戦火が近づいてくるのが分かった段階でシグリッドを連れて越そうかとロバートは考えていた。だがオリヴァ医師のこともあるし、子連れ旅は逆に危険だと諦めていたところで、元傭兵だとバレた。

シグリッドと離れて戦わなくてはならなくなってからはずっと不安だったのだと。

「戦いに行けば当然死ぬ可能性がある。シグを置いて死んじゃったらどうしよう、どうしようって……。何かあった時のために、遺言やお金はなるべく残したりもしてたけど、それだってどうなるかは、分からないから……。だから、ダリウス様が戦いを終わらせてくれて、本当に嬉しかった」

「もう、大丈夫だ」

「はい、ありがとうございます……」

吐く息と変わらないほどの絞り出すような小さな声を零《こぼ》したロバートにいつもの飄々《ひょうひょう》とした明るさはない。思わず私は立ち上がり、俯《うつむ》きがちになってしまったロバートをそっと抱き締めた。

「私はお前が好きだが、お前はどう思ってるんだ？　今の話から総合すると、私自身や私の子を産むのが嫌で逃げたわけではないのだろう。私がオメガを嫌っていたから逃げた、都合よく解釈すれば私に嫌われたくないからという風にもとれる」

「おれ、は……」

「ああ、無理に今言葉にする必要はない。急《せ》かしてるわけではないんだ。ただ、そうだったらいいなという私の願望も入っているからな」

腹の子を守る行動をとるのはベータの女もオメガも同じ。特にオメガは番《つがい》や好意のあるアルファの子を孕《はら》めば、それが顕著に現れる。

私の気持ちも分からない。それどころか疑われている。嫌われるかもしれない。そして子の命が狙われるかもしれない。

加えてロバートが今まで見聞きし、体験してきたことから判断しても、安心できる要素が何もなかった。だからロバートは腹の子を優先して逃げたのだ。

それでもハンカチを大事に持っていた。シグリッドだけが持っているのであれば単純に何かあった時の連絡のためだろうが、ロバート自身も大事に身に着けていた。そしてシグリッドの名前の意味。先ほどまでのロバートの話から色々なものが客観的に読み取れる。だから今は構わない。

「話は変わるが、〝美しき勝利《シグリッド》〟はいい名前だな」

「……名前に意味があるのに、ちょっと憧《あこが》れてたんです。お屋敷にいたときにヴァレイン家の名鑑を見たことがあって、印象に残ってたんですよ。ダリウス様も俺もまぁ……戦う職業だしぴったりかなって。男ならシグルドにするつもりでした」

「取《と》り敢《あ》えずヴァレイン家のごたごたも今はもう大丈夫だ。兄のところに子もできたし、きちんと話をつけた。そうでなくてもお前やシグリッドに手出しはさせないと誓う。……だから戻ってきてくれないか」

「……戻ると、色々言われてしまうのではないですか？」

「ごちゃごちゃ言う者がいるならば、黙らせる。それか今度は一緒に逃げるか？　もう戦も終わったし、私がこの国にいなくても別に支障はないぞ」

「ダリウス様が逃げるとかって……似合わなすぎる」

ロバートは私の腕の中で呟《つぶや》いて、くすくすと肩を震わせて笑っている。

ああ、そうだ。私はロバートに、ずっとこんな風に笑っていて欲しい。心の底からそう思う。

「こんな目立つ方と、これからどんどん目立つようになるであろうシグリッドを連れて一緒に逃げるとか無理ですから、戻ります。でもシグに説明しないといけないし、シグの反応次第ではすぐというわけにはいかないかもしれません」

「それは仕方ないだろう。三年も探し回ったことを考えたら、もうお前がどこにいても分かるからな。少しくらい待てるさ」

私が何でも持っていると言うのなら、私の持っているものを貰《もら》って欲しいと思うし、色々なものを与えて持たせてもう私の目の届かない場所へ消えないようにしたいとも思う。そのためなら安心できる場所を作る努力は厭《いと》わない。


「——先生がいなくなったらこの街は医師が少なくなって困るとかそういうことはあるか？」

「いえ。医者は複数おりますし、戦いも終わりましたから、これから僕はどんどん暇になっていくでしょうし、特に問題ないと思います。魔力なしの患者もオメガの患者も、今のところロバート以外は抱えておりませんし」

戦いが終わってすぐ、報告と捕虜の引き取りのための人員派遣及びロバートが見つかったことだけ騎士団本部にある通信用の魔道具に連絡はしていたが、改めて騎士団長《ライリー》に「ロバートが見つかったので、しばらくこちらに滞在する」と連絡すると「帰ったら借りは返してもらうぞ。陛下は適当に誤魔《ごま》化《か》しておく」と諦《あきら》め交じりで了承をもらった。

なおマシューにも連絡を入れたが、興奮して煩《うるさ》かったので、最低限伝えなければならないことだけを伝えて魔道具を切った。後で落ち着いた頃を見計らってもう一度連絡しようと思う。

今回は連れて戻ることが叶《かな》うかは分からない。だが滞在の間にできることは色々としておこうと、私は今、オリヴァ医師と話していた。ロバートはシグリッドと一緒に買い物に出掛けている。

「ロバートとシグリッドが無事に暮らしていたのは先生のお陰だ。二人が王都に戻る時には一緒に来て貰えないだろうか」

ロバートが無事出産し、二人が健やかに暮らせていたのはこのオリヴァ医師の協力があったからだ。シグリッドも懐いているし、二人が王都に来る時にできれば一緒に来てくれたらと考えた私はオリヴァ医師に交渉を持ちかけていた。

「いいですよ……と言いたいところですが。ただ僕は自分の事情とオメガを診《み》ていたのが原因で、言うなればフィライトには逃げてきたんです」

それは犯罪に関わることかと聞くと、まさかと首を横に振る。

「僕も――実は僕もまた、機能不全のオメガなんですよ」

ロバートにも言ってはいなかったんですけどねと微笑《ほほえ》む顔貌《かおかたち》は、比較的整っているものの、ベータのように見える。少し華奢《きゃしゃ》ではあるが、オメガに見えるという程ではない。

「僕は病弱な上にそんなに魔力が高くなくて、オメガを低く見る生家では魔力なしと同じ扱いを受けてましてね。オメガの兆候も中途半端でいい縁談もないからって売りに出されたんですよ」

売りに出されたオリヴァ医師を買ったのが生家に出入りしていた師である医者で、そのお陰でこんな風に医者となって生きていられるんだと。

ロバートには田舎《いなか》に帰ると説明していたが、実際は自分を売った生家に医者をしていることを知られてしまい、嫌がらせをされ、診ていた人間にも火の粉がかかりそうだったのでフィライトまで逃げたのだという。

「師匠もこのことをある程度予想していたんでしょうね。医療のための魔道具と王都の診療所とここを残してくれてたんですよ。ただ逃げるためのものだと思っていたそれが、中途半端に放り出してしまったロバートの助けになったのだから、一体何が幸いするかなんて本当に分かりませんね」

「差し支えなければ生家を教えてくれないか」

「ええ、かまいませんよ」

オリヴァ医師から教えてもらった家の名は、由緒ある旧家ではあるが、さほど裕福とは言えない自尊心《プライド》が先行している印象の強い家だ。私がただ戦果を上げただけの人間なら抑止力にはなるか微妙なところだが、ヴァレイン家に楯突《たてつ》けるほどの力はない。

捨ててもいいと思っていた家の名前が助けになるのだから本当に何が幸いするか分からないものだ。

「私が後ろ楯になるから、王都に戻り、魔力の少ない人間やバース性で悩む人間のための医者として再び活動してくれないか？」

「貴方様《あなた》が後ろについてくださるなら大丈夫でしょうね。師匠の遺志は身分の低さやバース性で困っている人を助けるということでしたから、また王都で診療できるのなら、その方が僕もありがたいです。二人が行くときは一緒に行きますよ。その準備はしておきます」

「ああ。よろしく頼む」

こうして私は関係各所に根回ししつつ、二人が安心して王都に来られるようじわじわと環境を整えていき、後はシグリッドに話すだけというところまで準備をしていった。

21. 案外そんなもの

「おとうさんがふたり？　おとうさんってひとりで、もうひとりはおかあさんじゃないの？」

「ええとね……。うちの場合、シグを産んだのはお父さんで、お父さんって呼んでるけどお父さんは普通のお家で言うところのお母さんで、本当のお父さんはダリウス様なんだ」

「？？？」

だよねー……。

俺も自分で言っててこれじゃ意味が分からないなと話しながら思ってる。当然のごとくシグは首を傾《かし》げたまま、ひたすらきょとーんとしている。

今俺はダリウス様と、念のため、先生にも同席してもらってシグにダリウス様のことを説明している。

なお、一応前の日にダリウス様のことは「おじさん」じゃなくて「ダリウスさん」と呼ぼうかというと、それは素直に直した。

今日「ダリウスさんこんにちは！」というシグの挨拶《あいさつ》を聞いて、あからさまにホッとした顔をしているのを見るに、やっぱりおじさん呼ばわりは嫌だったんだなと思う。

「ロバート……それじゃ分からないと思うよ」

「大人でもそれでは分からない」

「うぅ……」

「もう、僕が説明するよ」

俺に戦力外通告をしながら、先生はシグリッドの目の前に紙を置いて座った。

「パン屋のリアちゃんちは、パンを作ってる男の人がお父さん、お店の番をしている女の人がお母さん、その子どもがリアちゃんだよね。これがリアちゃんの家族」

「うん」

先生は簡単に絵を描きながら、シグに説明を始めた。男の人と女の人を描いて、真ん中にリアちゃんっぽい女の子を描き、三人を丸で囲んで「かぞく」と書いた。先生……絵上手《うま》いな。そしてまた同じように絵を描いていく。

「シグの場合は今までロバートのことを、お父さんって呼んでたけど、本当はダリウスさんがお父さんで、ロバートはリアちゃんのところでいうお母さん、その子どもがシグなんだよ」

「⁇　……なんで？」

「ロバートは男の人だけど、子どもを産める体をしてるんだ。だから、シグを産んだのはロバートなんだよ」

「……じゃあなんでシグにはおとうさんしかいなかったの？　なんで⁇」

「ダリウスさんは仕事がとても忙しかったし、シグの好きな絵本の羊さんが悪い狼《おおかみ》に狙われるみたいに、ダリウスさんも悪者に狙われてたんだ。一緒にいたら、ロバートもロバートのお腹《なか》の中にいたシグも悪者に狙われて危ないから、先生のところに逃げてきてたんだよ」

――う、上手い……！

嘘《うそ》は言っていない。全く淀《よど》みなくシグの好きな絵本の話を交えて分かりやすく説明する先生に、俺は心の中で拍手喝采《かっさい》を送った。

「それで……ダリウス様を狙ってた悪い奴《やつ》はもうやっつけたから、一緒にお家に帰ろうかってことになったんだよ」

「おとうさんとシグだけ？　せんせいは？」

「先生は一緒には住まないけど、シグたちについていくよ」

「じゃあいいよ」

えっいいのか？

あっさり頷《うなず》くシグに思わず聞くと、ダリウスさんは優しいし、約束通り俺を連れて帰ってきてくれたし、俺が嬉《うれ》しそうだからいいんだそうだ。

シグはお利口だな、でもそれに甘えて本当に大丈夫だろうか。

その予感はこのすぐあとに的中する。

「やだっ！　おとうさんはおとうさんなんだもん！」

「でもシグを産んだのはお父さんだからな？　ダリウス様をお母さんと呼ぶわけにはいかないだろ？」

「なんで!?　ダリウスさんはぜったいおかあさんじゃないよね!?」

シグリッドに全面的に同意だ。

何でそうなる。

これはシグリッドが一緒に行くことを了承したところで、ロバートがシグリッドに「じゃあこれからはダリウス様をお父さんと呼ぼうか、俺のことはちょっと変な感じがするかもしれないけどお母さんと呼ぶ練習をしようか」と言い始め、それに対してシグリッドが猛反発しているという図だ。

「……だって、だっておとうさんはおとうさんなんだもん！」

シグリッドはそう叫んだあと、眉《まゆ》を八の字にして俯《うつむ》く。

「ダリウスさんはきらいじゃない。かぞくもいやじゃない。でも、でもっ……ほんとうはダリウスさんがおとうさんかもしれなくても、シグのおとうさんはおとうさんなんだもん……」

そう言ってぼたぼたと大粒の涙を零《こぼ》した後、わあわあと泣き始めてしまった。

変わっているというか時々天然なロバートと、年の割にしっかりしているシグリッドの突拍子もない会話は少し面白かったので、どういう方向に行くのか聞いていたのだがもっと早くに止めるべきだった。

「シグリッド、ロバートの呼び方はお父さんでいい。無理に呼び方を変える必要はない。私のことは……まあ追々対外的な呼び方は考えないと駄目だが、今はダリウスさんで構わない。ロバート、少し急《せ》かしすぎだと思うぞ」

シグリッドに抱っこしてもいいかと聞くと、むぅっとした顔をして、それでも黙って手は伸ばしてくれた。私はその手を取り、抱き上げて背中を摩《さす》る。その様子を少しショックを受けたような顔で見つめていて、ロバートにも触れようかと思ったその時だった。

「俺が、逃げたから……お父さんって呼ばせてたから……ふ、二人とも……ごめんなさい……」

そう言ってロバートはぼたぼたと涙を零した。シグリッドよりは静かだが、よく似た泣き方だった。子どものように涙を落としていて、私も腕の中のシグリッドもぎょっとした。

「ダリウス様すみません、シグごめん。俺がずっとお父さんって呼ばせてたから……」

「いや、お前がそうしたのも、シグリッドが呼び方を変えることを嫌がるのも仕方のないことだろう。男をお母さんなんて呼ばせたら、オメガだと公言しているのと同義だからな」

「おとうさんわるくないよ！」

「はいはいみんな、ちょっと一旦《いったん》休憩しよう。ロバート、君はちょっと部屋で休みなさい」

そう言って半ば強引に立たせ、オリヴァ医師はロバートを連れていく。部屋に戻ってきたオリヴァ医師は静かに扉を閉め、「少し横にさせました」と言ってそっと息を吐いた。

「ロバートが泣くところは……僕も初めて見ました。ずっと戦いで緊張状態だったところに立て続けにいろんなことがあって躁鬱《そううつ》状態なのと、あとは……」

ロバートを捕まえできうる限りの外堀を埋めて保護できて落ち着いた私と違って、ロバートは逆に番《つが》いたい相手がいるのに番えないオメガが陥りやすい、不安症のようになってしまっているのではないだろうか、とのことだ。

よくも悪くもオメガらしくなってきているのかもしれない。ともかく今は、少し休ませておきましょうとのことだ。

「ロバートが休んでいる間に二人で晩御飯でも買いに行ってもらえませんか？　それか、ロバートが買い物してくれてるものもあるから、僕が作ってもいいですけれど」

「ダリウスさん、かいにいこ？」

今、「買いに行こう」と言うの、物凄《ものすご》く早かったな……。

前のめりなシグリッドに圧倒される私を余所《よそ》に、オリヴァ医師は気にした様子は特になく、台所から買い物かごを持ってきてシグリッドに渡した。それを受け取ったシグリッドに手を引かれ、買い物のために街の中心部に向かう。何処《どこ》がいいとか美味《おい》しいとか分かるかと尋ねると、ロバートが働いていた食堂のご飯が美味しいとのことだった。

「おとうさんはね、おさかなととりのおにくがすき。せんせいははっぱとスープがすき。シグはとりのおにくとりんごがすき」

「なら今日は、みんなの好きなものを買おうか」

「うん！」

商店が連なる地区に差し掛かると、店舗前にも露店が立ち並び、夕飯前の買い物客で賑《にぎ》わっていた。肉屋が串《くし》を焼いたり、果物屋が林檎《りんご》を磨いたり、どの店舗も威勢よく客引きしている。

それなりに目立つ私だが、ちらほら声は掛けられるものの、皆概《おおむ》ねそっとしてくれている様子で、どちらかというとシグリッドの方が話し掛けられていた。

あちこちでタダでくれようとするのを丁重に断りつつ代金を支払って材料を買い、ロバートが勤めていたという食堂で調理してもらった。

帰る道すがら、林檎が三つ程入った紙袋を抱えたシグリッドが私を見上げる。

「……ダリウスさん」

「どうした？」

「シグは、ダリウスさんがかぞくなのはいいの。でもシグのおとうさんは、やっぱりおとうさんなの。どうすればいい？」

「無理してないか？　家族なのはいいのか？」

思わず鸚鵡返《おうむがえ》しのように聞いてしまう。シグリッドは気にした様子もなく、大きく頷いた。

「ダリウスさんがきて、おとうさんうれしそう」

「シグの目から見てそう見えるのなら、私も嬉しい」

シグリッドは見えるよと言って、緩く笑う。

「む……どうすれば、か。そうだな……シグはおとうさんの呼び方じゃなければ別に何でもいいのか？」

「おかあさんはやだ」

「それは私も嫌だ。……では父上なら呼べるか？　意味はお父さんと一緒なんだが」

「ちちうえ」

「ああ」

「なんかへんなの？」

「今はそうかもしれないな。でもそのうち慣れるだろう。……シグリッド、ありがとうな」

「なんでありがとう？　ちちうえ、へんなの！」

そう言って再び笑うシグリッドの笑い方は、やはりロバートとよく似ている。

「話はついたぞ」

「ついたよ！」

「えっ」

診療所に戻ると、ロバートは起きて茶を飲んでいたので、ロバートのことは引き続き「お父さん」、私のことは「父上」と呼ぶことで話はついたと説明した。

「……えっ、そんなんでいいの!?」

こくりと頷くシグリッドを見て、真剣に悩んだ俺は……とぼやきながらも、ロバートはシグリッドを抱き締めて嬉しそうによく似た笑い方で緩く笑っていた。

22. 仲よきことは美しきかな

「すごい、すごーい!!」

「シグ、あんまり外に乗り出しちゃダメだよ」

「気分が悪くなったりしたらすぐ言うように」

シグリッドが納得してくれた数日後。

俺たちは興奮するシグをどうどうと宥《なだ》めながら、ダリウス様が操作する魔力で動く車に乗って王都へと向かっていた。フィライトに向かう時に乗った駅馬車とは比べ物にならない速さで、揺れも少ない。

ダリウス様だけなら転移魔法を使って一瞬でフィライトから王都へと移動できるらしいんだけど、流石《さすが》に自分以外の人間を一緒に転移させるのは試したことがないので、大事を取って車で移動することにしたそうだ。だから時間が掛かるって言うけど……休憩をこまめに挟んでも旅程は二週間もかからない。駅馬車の半分以下だ。全然早い。

食事と休憩のために車を止めても、ダリウス様が魔法で火や水の用意をしてくれるから、俺はあまりすることがない。ダリウス様が解体等をする様子を、シグがすごいすごいと目をキラキラさせながら眺めている。

「シグも練習すればできるようになるぞ」

「ほんとう!?」

「ああ。練習の仕方を教えよう。ただし私がいいと言うまでは、私のいないところで練習はしないこと」

「はい！　ダリ……ちちうえ！」

食事の方は任せて構わないかと言う問いに頷くと、ダリウス様はシグと一緒に開けた場所に行って何か説明している。

しばらく話したあと、二人の周りに大きな水球が三つ浮かび、回転したり分裂したりくっついたり、動物の形になったりして、最終的にはぴきぴきと凍り付き、氷像となって地面に落ちた。

ダリウス様に質問しながら挑戦し、やがて顔くらいの大きさの水球が現れてシグは喜んだ。その途端に水球は、しゃぼん玉のように弾《はじ》けてぱしゃりと地面に落ち、しょんぼりしたシグをダリウス様が慰めている。

俺と先生は食事の支度をしながら、その様子を少し呆《あき》れながら見ていた。

「……小さいけどシグがもう水球を出してたね。凄《すご》い」

「末恐ろしい……でも魔力があって本当によかった。魔法が使えるとまでは思ってなかったけど」

魔法使いかー……。魔法使いって高給取りだよな。高給取りなのに魔道具もいらないとか人生の難易度が低すぎやしないだろうか。魔法も訓練が必要だし驕《おご》りやすいから身持ちを崩しやすいとは聞くけど、きちんと自制できる人なら絶対生きやすいと思う。その辺りは大人がしっかりと教えていかなければならない。

「それにしても、シグが思ったよりダリウス様にすぐ懐いてよかったね。アルファは自分の子でも威圧・威嚇《いかく》しちゃうような人もいると聞くからそういうんじゃなくてよかった。ダリウス様は上位のアルファにしてはかなり優しいよね。師匠ほどじゃないけど」

「そうですね。まあ何だかんだお優しいのでそこはあんまり心配してなかったけど……ただ、大先生はお医者さんですから、戦闘職のダリウス様とでその辺りの比較をするのはダリウス様がちょっと可哀相《かわいそう》かも」

ともかく仲がいいのはいいことだし、嬉しい。

けどあれって父と娘っていうより、どちらかというと師匠と弟子、見どころのある部下や後輩を可愛がる上司とか、そんなのに近いような気がする。ま、二人とも楽しそうだから別にいいかなと思いながらスープを作っていると、ダリウス様とシグが戻って来た。何だか少しだけ険しい顔をしている。

「好意的でない集団がこちらに何かしようと近づいて来ている。敗走した隣国の兵が賊と化しているのかもしれん」

「戦いますか」

「私が適当に捕まえて来る。ただ相手はそこそこバラけているから一、二人くらいは捕まえきれずにここに来てしまうかもしれないから、お前はシグリッドと先生の方を頼む」

「分かりました」

返事をするやいなや、ダリウス様はあっという間に賊を捕まえにいく。予想通り一人だけこちらに逃げて来たので俺は石を幾つかぶつけ、怯《ひる》んだ隙に取り押さえた。そいつを縛り上げている間に、ダリウス様が気を失った賊を引きずりながら戻り、どんどん積み上げていく。シグはすごいすごいと言って、全く怖がってないけど、それはそれで逆に大丈夫だろうか。お父さんは心配だ……。

同じ箇所に集められた賊を協力して縛りながらダリウス様が素晴らしい精度だったなと俺の投擲《とうてき》を褒めてくれた。

「ダリ……ちちうえ、おとうさんはすごいんだよ。どっちのおててでもおんなじようにできるんだよ！」

「……確かに、あの時セッ……んんっ——！」あの状況で正確に刺客の手を刺したな。投擲の精度はこの距離からあの木までならどれくらいだ」

セックスと言い掛けて誤魔化《ごまか》しながら、ダリウス様は五メートル程先の木を指差した。論より証拠と俺は黙って右手で石を投げ、木の実を落としてそれを地面に落ちる前に宙で左で投げたナイフで中心を貫く。そのままもう一度今度は逆の手順で同じことをした。昔からずっと、毎日練習しているからどちらの手でも精度は変わらない。ナイフがきちんと刺さるように投げるとなるとこれ以上の距離は精度が落ちるが、石なら結構長距離でも狙いどおり投げられるし、鳥も落とせる。

努力の賜物《たまもの》だなとダリウス様が唸《うな》る。ちょっと照れくさいけど嬉《うれ》しい。賊の回収は最寄りの町にダリウス様が転移して連絡しに行き、もはや何でもありでは……と呟《つぶや》く先生に俺も心の底から同意した。

「シグもおてつだいしたいな」

回収を依頼した騎士団が来るまでの間、賊を見張りながらダリウス様とシグは真剣に話をしている。

「もう少し大きくなって、自分の身が最低限守れるようになったらな。ロバートは子どもの頃から毎日ずっと練習してきてあそこまでできるようになったんだ。シグリッドはまだ子どもだから、焦らなくていいし、こちらも無理をさせるつもりはない。大きくなる途中の体を鍛えすぎるのもよくない。魔法もあるし、焦らず成長にあった努力を続ければ自分の身は守れるし、ロバートの助けにもなるだろう」

ただし、無理をしてロバートを心配させないこと。それだけは絶対に守るようにとダリウス様が言うと、シグリッドが元気よく手を挙げる。

「はい、ちちうえ！」

「よし。いい返事だ」

そう言ってダリウス様はシグリッドに向かって笑い、大きな手で頭を撫《な》でた。

最初はどうなることかと思ったけど、シグもダリウス様にしっかり懐いている。ただやっぱり何だか父と娘って言うより上司と部下、師匠と弟子みたい……ついでに言うならシグが男の子みたいになってきてるのは気のせいじゃない気がする。ま、二人とも楽しそうだからやっぱり別にいいかな。

その後は特に何事もなく無事王都に到着し、久しぶりに帰って来た王都は、終戦の影響か心持ち明るい雰囲気になっている気がする。診療所の様子を見に行くという先生と一旦《いったん》別れ、俺たちはヴァレイン家に向かった。

「お帰りなさいませダリウス様！　あぁぁ！　何て可愛らしい!!　お小さい頃のダリウス様にそっくり!!」

「えー……っ！」

「こらシグリッド、どういう意味だ」

シグは突進する勢いでにじり寄ってきたマシューさんにドン引きしつつ、何ともいい難い顔をしていて、それを見たダリウス様も同じような顔をしている。

それにしても。

「えぇっと……じゃあシグは、大きくなったらもっとダリウス様に似た感じになるのかな？」

「いや……ならない。ならないよ!?　シグおんなのこだもん！」

「何でそうなる。流石にならないだろう……」

ぶんぶんと首を振って、ならないと強く否定しながらダリウス様の裾《すそ》を引いて「……ならないよね？」と小さな声で不安そうにシグが尋ねている。

大丈夫、シグリッドは女の子だからならない、ならないとダリウス様が頭を撫でるとあからさまにほっとしていた。

「あ、逆か。ダリウス様って小さい頃こんなに可愛かったんですか？」

「それこそ女の子のようでシグリッド様とよく似てらっしゃいましたよ」

「えー……」

「シグリッド、だからその『えー』はどういう意味だ」

そんなやり取りを微笑《ほほえ》ましそうに見つめるマシューさんは〝美しき勝利《シグリッド》〟ですか、と微笑みながら言った。

「ヴァレイン家の名鑑から名前を付けられたのですね」

「はい。名前に意味があってすごいなと思ったんです。……マシューさんにも本当にご迷惑をおかけしたみたいで……申し訳ありませんでした」

「何にも言わずに逃げた貴方《あなた》も悪い、グズグズしてたダリウス様も悪い、大事な時にいつも不在な私も悪い。みんなちょっとずつ悪かったんじゃないですかね。ま、私としてはロバート様が戻って来てくださっただけでも喜ばしいのに、見られないことも覚悟していたダリウス様のお子まで……重畳の至りに存じますよ」

「ロバート様!?」

ひぃっと悲鳴交じりにやめてくださいと懇願したけど、ダリウス様のお相手でお子まで産んだのですから敬称は当たり前ですよと全く取り合ってもらえなかった。

それから俺は、かつての同僚のみなさんに「お帰りなさい、ロバート様」とからかい半分で無駄に呼ばれる日々を送る羽目になるのだった。

23. 包囲網は構築済み（ダリウス視点）

「……ロバート……お前はまた何をしているんだ……」

「だってマシューさん始め、みんながロバート様ロバート様って言うからいたたまれなくて居心地が悪いです……！　それに何かしていないと落ち着かないし……」

屋敷内にはいるが、姿の見えないロバートをペンダントを頼りに探していると、ロバートは何故《なぜ》か書庫の片付けをしていた。

シグリッドはすっかり屋敷に馴染《なじ》み、庭で魔法や投擲の練習をしたり、「ほんがたくさん！」と書庫で喜んで本を読んだり、屋敷内を探検して毎日楽しそうにしている一方、ロバートは戻って来てしばらく皆から揶揄《からか》い半分、慣れさせ《せ》るの半分で「ロバート様」と呼ばれていたのだが、それをとても嫌がっていた。マシューを始め、皆には急かし過ぎだとやめるよう注意したのだが、時既に遅し。すっかり拗《す》ねてしまった。そして使用人として勤めていた時のように仕事をしたがっていつもこっそり何かをしている。大体は衣装部屋や洗濯室にいる確率が高いのだが、今日はどちらも別の人間が仕事をしているためここにいたのだろう。

「そもそも俺は番《つがい》になれないのですから、使用人兼内縁みたいな形で置いていただければそれでいいのに」

「……お前……わざとか？　その行動や発言はわざとか？　何故そんなに後ろ向きに前向きなんだ」

私は呆れながらロバートの頭を摑《つか》んだ。

「あっ痛い！　痛いですダリウス様？」

「とにかく汚れてるから浄化魔法を……いや出来れば風呂《ふろ》に入って着替えろ。客が来る——」

置いていただければ、とは言っているので巣から逃げる気はないとは思う。だが、私の事は若干避けているような気がしないでもない。

「私は『もう逃げません』と確かに聞いたはずだったのだが」

そう言葉でも視線でも糾弾すると、ロバートは頭を押さえながら涙目でバツが悪そうにしている。

「うぅ……だって……結局戻ってきて一緒にいても、オメガの感じがより出るとか、なんてこともなかったですし……」

「あのな……」

シグリッドに少し似た幼い口調で、もごもご言い訳して俯《うつむ》きがちになるロバートに、口を開きかけた私もはたと気づく。

フィライトでロバートが泣いた時、オリヴァ医師はロバートのことを、番《つが》いたい相手がいるのに番えないオメガが陥りやすい不安症のようだと評していた。

屋敷に戻ればもしかしたら、とロバート自身も気づいていない期待があったのかもしれない。そしてそれが叶《かな》わなかったが故に混乱しているのかもしれない。

ただ……想像でしかないが、こういった不安な様子を見せるのは、きっと今までのロバートの人生になかったことなのではないかと思う。そしてそれは、そういった弱さを出しても大丈夫だと、無意識に思ってくれているのではないだろうか。

「……ロバート、私はお前がベータであっても構わないと思っていたぐらいだ。だからお前にオメガらしさがあろうがなかろうが、私はお前以外と番になるつもりは毛頭ない」

そう改めて伝えながら、今からでも訪問の日時を変更してもらおうか。そう考えた直後——。

「……これは……お前がベータと勘違いしたのは無理もないな」

ああ、来てしまったか。書庫の入り口に立ち、失礼な感想を兄が表情を崩さず述べている。

「兄上、人の番をこれ呼ばわりはやめてください」

「……ダリウス様によく似ているけど、もっと王子様感があるこのお方はどちら様ですか？」

私は兄を窘《たしな》めつつ、ロバートにこっそり浄化魔法をかけた。俯きがちだったロバートは、兄の突然の登場に意識を取られてしまう。来てしまったものは仕方がない。話は後だ。

「ああ……すまない。ダリウス、番の社交辞令に反応して威圧するのはやめろ。この程度でいちいち反応していたら周囲に迷惑だぞ」

「失礼しました」

探していた相手が実はオメガで私の子どもを産んでいたことを、念のため報告に行こうとしたところ、私のような威圧感のあるアルファが番を連れて威嚇しながら来るとなると使用人や義姉上も怯《おび》えるし、何よりまた義母を刺激するから兄がこちらへ来るとの連絡があったのだ。

「……貴方様が」

ロバートが少し身構える。兄とのわだかまりがもうない旨は伝えているが、元々ロバートはヴァレイン本家からの暗殺依頼を受けていた。その依頼自体は兄の手によって取り下げられているが、ロバートと兄は初対面だ。

「ロバート。暗殺は兄ではなく義母の差し金だ。だからそこまで警戒しなくてもいい」

「……はい。失礼いたしました」

しぶしぶ、といった様子で警戒を緩めるロバートに、兄がもうほんの少しだけ表情を緩めた。

「いや、経緯が経緯なので無理もないだろう。ロバート殿、今までご迷惑をかけて申し訳なかった。私の息子《むすこ》も貴殿の娘と年が同じだし、妻もオメガだ。これからは機会があればよろしく頼む」

「は、はい」

流石《さすが》にここでは、とシグリッドを探しながら私の部屋に移動する。

途中で見つけたシグリッドは「シグリッドです。おじさま、よろしくおねがいします」としっかり兄に挨拶《あいさつ》したあと、「おとうさん！　なんでまいごになるの！　せんせいがあそびにくるまえにシグのれんしゅうみてくれるっていってたのに!!」と大層立腹していた。この後は兄と私だけの話となるからシグリッドを見てやってくれと言うと、ロバートは兄に一礼してシグリッドに平謝りしながら、二人で庭へ向かって行った。

執務室に入り、茶を……と誘ったものの、今日はそんなに長くここにいる時間はないから話だけ、と兄は言った。

「――王家やうちより上の家に、目ぼしいオメガがいなくて本当によかったな。もしいたら、あれ……悪い。ロバート殿が番えないことをこれ幸い『正妻を』などと言い出してくるだろうからな」

「いたところでロバート以外と番う気などさらさらありませんが」

「言わずとも分かっている。ただお前もだが、シグリッドもシグリッドで外見から考えても、優秀そうなところから考えてもお前の幼少期に似ているから……色々言われるのではないだろうか」

今までは対外的にあまり仲がよくないふりをしたままにしておいた方が都合がよかったが、そろそろ改めた方がいいかもしれない、とのことだ。

「お互い子ができて交流し始めたというのはきっかけとしては自然だし、いい理由だ。私もその方が色々と味方はしやすい」

「そうですね。今後は是非その方向でお願いします」

では今度は妻と息子を連れて来ようと言って兄は早々に帰っていった。

これで粗方《あらかた》関係各所には話を通した。それはいいとして、問題は当の本人である。ロバートとシグリッドを探すと、二人の様子を見に足を運んでくれたオリヴァ医師とともに一服しており、私は挨拶をし、丁度いいと話を持ち掛けた。

「先生、御足労感謝する。少しロバートを借りたいのだが。あと……場合によっては例の事を試してみたいと考えている。日程を調整して、しばらく屋敷に滞在して欲しいんだが」

「えっ何の話ですか」

「承知しました。まだ診療所は開けていないので別に今日からでも大丈夫ですよ。シグ、前にも説明したけれど、ダリウス様とロバートは大事な話があるからしばらく出掛ける、その間は僕やマシューさん、屋敷の皆と一緒に遊んで待とうね」

「うん」

どうやらシグリッドには事前に頭出ししてくれていたようだ。

「わかった。せんせいはおやしきにとまってくれるの？」

「うん。一緒にお勉強したり、街にも遊びに行ってみようか。先生の新しい診療所も行ってみるかい？」

「いくいく！」

きょときょととぎこちなく周囲を見て、ロバートは味方がいないことに気付いたようだ。

「ダリウス様、先生とシグを懐柔するなんてズルいですっ！」

「ほう？『ズルい』などという言葉が出るということはやっぱりわざと逃げていたか。いい度胸だな」

「い……いえ滅相もないい!!」

どうやら図星だったようだ。明らかに目が泳いでいる。私は溜《た》め息《いき》をついて「ともかく話を」とロバートの手を引いて自室に連れ込んだ。

「私はお前を番……伴侶《はんりょ》とするつもりで私の元に戻って欲しいと言ったつもりだったのだが」

「それは分かってます。ダリウス様のお気持ちは嬉《うれ》しいんですけど……」

「……どうしても嫌なら、私の本意ではないが……一度屋敷を出るか？　シグリッドが子どもの間は働かなくてもいいくらいの金は渡す。ただ二人の顔は見せて欲しいから月に一度くらいは顔を出すよう頼みたいが」

目の届かない範囲に出す気はないし、ペンダントをはじめ、何処《どこ》に行っても分かるようにはしている。ロバートにもシグリッドにも護りの魔法をこっそり仕込んである。ここでゆっくり考えられないと言うのなら少し落ち着いた環境で考えるのもいいのかもしれないと私は提案してみた。嫌ではあるが。

「……！　ち、違います！　伴侶が嫌なわけじゃありません！　出ていきたいわけでもないです」

ロバートは首が取れるんじゃないかという勢いで首を横にぶんぶんと振っている。

「なら何故」

「あの……結局、俺は本当の意味で番うことができないということと……あと、以前は、お屋敷にいるときはほぼ呼ばれていたのに全然お声が掛からなくて……伴侶、とは仰《おっしゃ》っていただいてはいますが……ふ、不安で……」

そう言って俯いたロバートの表情は見えないが、耳まで赤い。予想外の回答が返って来て私は一瞬固まり、私たちの間には沈黙が落ちた。シグリッドもいるし、二人が慣れるまで以前のように気軽に寝所に引っ張り込む訳にもいかないと自重していたのだが……まさかそれを不安に思っていたとは。少し想定とは違ったが、先ほどオリヴァ医師に頼んだとおりシグリッドのことも気にしなくて大丈夫ではある。ならば——

「ロバート、抱き締めてもいいか？　嫌ではないのなら」

「嫌ではないです。……嬉しいです」

返答を聞いて私はロバートを抱き寄せると、おずおずと抱き締め返してきたその耳元で囁《ささや》く。

「正直、三年以上お預けだった訳だからな。遠慮しなくてもいいと言うのなら、部屋からしばらく出られなくなるが、覚悟はいいか？」

本気ではないが、反射的に逃げを打とうとしたロバート。だがもう遅い。捕まえて抱え上げベッドに下ろすと、混乱してはいるが、ほんの少しの期待の混ざった目で私を見ている。私はそのまま上に乗り、口づけを落とした。

24．伝える

「んんっ――――」

一度食らいつくように口づけをしたあとは触れるだけになり、どんどん服が剥《は》ぎ取られていく。逃げる前はあれだけしょっちゅうしてたのに逃げてからは全然性欲がなかったので、不能になってないか心配になって一回自慰をしたきりだ。

あっ、そういえば……。

「ダリウス様そういえば俺の後ろの孔《あな》、何か縦になってるって先生が言ってましたよ!?　何か生温かい目で見られてとても恥ずかしかったんですから――っひぅ、やぁ……！」

そう苦情を申し立てた途端、そうっと孔をなぞられびくりと体が跳ねた。ダリウス様は何でか少し残念そうな顔をしている。いや、何で？

「む……まあ、そのうち元に戻るだろう」

「いや何で縦なのが普通みたいに言ってるんですか。見れないけど、多分今の状態が普通ですよね？」

「……お前にそこは期待してないとはいえ、これは会話の選択《チョイス》が酷過ぎるぞ」

雰囲気を壊すにも程があるからちょっともう黙れ、とやり直すようにまた食らいつかれて離れていく。

ギラギラと熱を持った瞳《ひとみ》を合わせられ、また唇がほんの少しだけ触れる。こういうときはどうするのかちゃんと憶えている。顔を寄せて目を伏せるとまた食らいつかれて吸いつかれた。

口の中で動く舌への応じ方はすぐ思い出した。でも息継ぎは思い出したところで元々下手《へた》くそだ。気持ちよさと酸欠で、あっという間に頭がぼんやりしてくる。主導権を握られたまま舌を絡めて口の中を舐《な》められて、混ざり合った唾液《だえき》を飲んだ。

そのまま首を舌が這《は》って甘嚙《あまが》みされると、首から背筋にかけてぞわりと緊張が駆け上がる。自分がオメガだと知ってからのセックスは初めてだ。これが快感なのか怯えなのか、それとも本能的な期待なのかは分からない。

段々下がっていく唇が乳首にたどり着いて吸われ、舌先で転がされると思わず高い声が出た。少し嗄《かす》れて鼻に掛かったような自分の声が翻弄《ほんろう》されていることを表していて、とても恥ずかしい。ふと見ればダリウス様もいつの間にか服をちょっと脱いでる。器用だ。

そんなことに気を取られている間に、いつの間にか勃《た》ち上がった俺のものは握られていた。くちくちと上下されながら指が挿入されると、ぼんやりした頭は「気持ちいい」だけに埋め尽くされていく。

久しぶりだからか力を抜いていることで精一杯だ。手慣れているダリウス様が勝手知ったるといった感じで抜き差ししていると、すぐにぐちゅぐちゅと音が鳴り始めた。

「濡《ぬ》れるようになったんだな」

「あ、あ……シグを産んで、から……すこ、し……んんっ！」

擦《こす》っていた方の手で袋を揉《も》みしだかれるのもまた気持ちよくて、腰が揺れる。もぞもぞと逃げを打ったところで逃がしてくれるはずもなく、前とタイミングを合わせて擦りながら拡げる動作に喘《あえ》ぎながらシーツを握ることくらいしかできない。

遊ぶように乳首に歯を立てたり、腕を舐めたりと上半身を可愛がりながら、長い指先を届くギリギリまで挿入して慣らして拡げ、ダリウス様は自身が突き入る手筈《てはず》を整えていく。

頭ではしっかりと憶えていた。身体《からだ》は若干忘れかけていたが、最初はじわじわと、今はすごい早さで思い出している。期待で思わず中の指をきゅっと締め付けたのが分かった。ぐちぐちと音を鳴らしていた指が引き抜かれて、大きな掌《てのひら》が腹の上に置かれたと思ったらずりりと体ごとダリウス様の元へ引き寄せられた。

「痛かったりしたら直《す》ぐに言うように」

「は、はい」

持ち上げられた脚にしっかりと勃ち上がったそれが当たって、ついじっと見てしまった。何度見ても久し振りに見ても相変わらずデカい。奥がうずいて思わず腹に手を当てると、ダリウス様はそんな俺の様子に目を細めてゆっくりと挿入していく。小さく揺すられる度にあっ、あっ、と小さな声が零《こぼ》れ、腹の中に大きなものが埋まっていく。やがてこつんと行き止まりにぶつかると、これまたゆっくりと抽挿が始まった。

緩急をつけたり、ぐるりと円を描いてみたり、優しく奥に押し付けてみたり。久しぶりだからか肉食の獣のような目をしてる割には穏やかで、弱いところを容赦なく攻められることはない。だから喘いでいるものの、まだほんの少しだけ余裕があった俺はダリウス様に手を伸ばして頬に触れた。

シグリッドとよく似ている。けど、この顔はやっぱり……この人のものだ。零れる光のような金の髪も、思い切り突き上げたいのを我慢してくれてる眉《まゆ》を寄せた顔も、魔法主体の戦闘スタイルとは思えない程鍛えられている身体つきもとても綺麗《きれい》だと思う。目を伏せてふっと息を吐くと長いまつげが影を落としている。

「ん、やぁぁっ！」

そう見惚《みと》れた瞬間――――一気に引いて、弱い場所を抉《えぐ》られながら奥を穿《うが》たれた。

目を見開いたまま思い切り体が跳ね、もう声は抑えられなかった。抽送はどんどん激しい物に変わって濡れた孔からはぶちゅとか、ぐちゅとか酷《ひど》い音がして激しく肌を打つ音と混ざっていく。

「……あぁあああ……！」

「――――っ、く……」

やがて達すると同時にダリウス様がぶるりと震え、腹の奥に広がる熱を感じる。俺は瞬きもできずにぼろぼろと涙を零した。ぐっと押し込まれて広がりきった熱は、今度はじわじわと体に染み込んでいく。

久しぶりの強烈な感覚にはぁはぁと呼吸を整えている間も俺はまだ小さく揺らされていた。何でまだ硬いまま!?　俺のはちょっとへにょっとしてるのに。

「ぁ……ちょ、ま……息を……くる、し……」

そう言うと動きはゆっくりになった。けれどまだ抜くつもりはないようで、ゆるゆると腰を前後させている。

「や、あっ……んんっ……も、もうちょぃお手柔らかに……！　三年以上ぶり、なんですから……！」

「それは、私も同じだからな……随分と耐えたつもりだが……三年以上、溜《た》め込《こ》んだ劣情がたったこれだけで済むと思うなよ」

確かに丁寧で優しかった。そして相当加減してくれている。それは間違いなかったのに、俺はちょっと地雷を踏んだっぽいと焦ったら、そっとのし掛かるようにして抱え込まれた。

「……与えられるのに持つことに慣れていないのも……徐々に慣れればいいと思っているが、いきなりいなくなられるのはもう勘弁して欲しい」

「約束したから、もう黙って逃げたり、しません。……俺は、持ってないことは平気です……でもなくすことが、こわい」

何も持っていないから、工夫することには慣れている。あったらいいのにと思うことはあっても、それをどうしても欲しいなんて思うことなんてなかった。

でも戻ってきてからダリウス様はいろんなものを与えようとするから、俺はどうしていいか分からなくて混乱していた。

抱きしめようと引き寄せられるのが自分である理由も、求められる理由も、与えられる理由も何もかもが分かっているようで本当は分かってなかった。けどそれでも俺がいいと、俺が欲しいと根気強くそう言ってくれるから俺も同じように返していいのかなと少しずつ思えるようになった。

そうすると、なんでこの人と俺は番《つがい》じゃないんだろうと強く強くふとした瞬間に思うことがあった。

じっと見つめていると、大きな掌が頬を包んで擦り寄せるように唇が触れる。また唇が首に下りて、薄いけど柔らかい唇がはむはむと食みながら俺の項《うなじ》を撫《な》でていく。何も引っかかることのない滑らかな感触をひどく寂しく感じた。

「……俺は、ダリウス様が好き、です。なれるなら本当は番にだって、なりたい」

その寂しいと思うことこそが答えだ。

ようやくそれを言葉として出すことができたその瞬間、花のような爽《さわ》やかな香りが溢《あふ》れ、俺を包み込んだ気がして――

俺のまともな状態の記憶はここまでだった。そのまともな記憶の最後に見たものは、欲しかったものを手に入れた子どものような、愛《いと》おしいものを見つめる幸せそうな表情をしたダリウス様の顔だった。

25. 誘い水（ダリウス視点）

「あ、あっ……？　な、に……これぇ……！」

「私はずっとお前をベータだと思っていたからな」

「だ、ダリウスさま……変、へんです……！」

一般にはあまり知られていないことで、何をもって上位とするのかは今ひとつ不明瞭《ふめいりょう》だが、一部の上位アルファは通常オメガの発情《ラット》に誘発される形で起こる発情状態に自ら入る事ができ、それにより、逆にオメガの発情《ヒート》を誘発できると言われている。

それこそ国難を救った魔法使いたちによってオメガ差別や扱いが改善され、オメガの意思を無視しての行為が禁止されるまでは、その能力を利用して今以上にアルファ優位で番関係が結ばれていたのだ。オメガが好きではなかった私は試すこともしたことがなかったため、自発的な発情《ラット》が可能かどうかは不明だったがどうやら上手《うま》くいったようだ。

「あ、ぁ!?　ひ、あっ……」

ロバートの目がとろりと蕩《とろ》ける。抜かずにゆるゆると揺さぶりながらロバートの首元に鼻を寄せると、初めてロバートの匂いを見つけた。

いい匂いだ。だがこんなところまで控えめでなくてもいいのに。

しかし、らしいと言えばらしくて思わず笑みが零れる。様子を見るにロバートは今間違いなく発情だったのだろう。

期真《ま》っ只中《ただなか》だ。元々嫌がらないのも、恐らく兆候ではあったのだ。私の与える快楽に溺《おぼ》れるのもそう

「私の匂いは、分かるか？」

「いい匂い、です。もっと……あぁっ！　や、ぁっ！　ひ――」

私の肩に額を擦《す》り寄せ、すんすんと匂いを嗅《か》いで拙く舐めて笑う。ほわっとしたいつもの緩い笑みに慎ましやかな色気が混ざり、それが酷く蠱惑的《こわくてき》に映った。誘われるように抽挿を早めると、何処《どこ》もかしこも性感帯となっているようで、奥を突くとその度にびくびくと体を震わせて軽く達している。

「あっ、やあっ！　んんっッや、やらぁッ！　だ、だりうすっ……ぅあっ、あっダリウスさまぁ……ッ待って」

一度抜くと、その刺激でまた達したロバートは息も絶え絶えだ。体をひっくり返して先端を孔に当てると、少しだけ体を強張《こわば》らせた。

「……！　や、ぁ……まって」

「む、すまないが……少し、耐えてくれッ……」

「んん……っ！　あっ……やぁ、も、……あぅっ！　も、もぉむ、無理、お腹《なか》っ、いっぱいぃ……」

「もう、少し……これでも我慢していたんだ。それに――」

「ひっ！　あぁぁぁ！」

ぐぽっと瘤《ノット》まで咥《くわ》え込《こ》んだそこは裂けてはいないが健気なほどに拡がりきっている。

後頭部に軽く手を置いて、私は狙いを定めるように項《うなじ》に舌を這わせた。その意図するところが分か

ったのだろう。ふぅふぅと息を吐いてシーツをぎゅっと握り締める。私はその手に自らの手を重ねた。

「……ロバート、私はお前を愛している。どうか番になって欲しい」

「俺もすき、好きです……かんで……噛《か》んで、くださ――――ッ！」

誘うように精一杯強くなった匂いと言葉に思い切り項に歯を立てた。その瞬間私はロバートの中で爆《は》ぜ、ロバートもまた、足を突っ張って達していた。長い射精の間、項に滲《にじ》んだ血を舐めとると、くっきりとした歯形が見える。きちんと番が成立しているかどうかは本能で分かるが、痛々しい。成立したならば噛んだ痕《あと》は回復魔法を掛けても完全には消えないので、私は回復魔法を掛けようとしたのだが――――。

「あっ治さないで……！」

「番が成立しているから心配しなくても噛み痕はちゃんと残るぞ。痛いだろう」

「それもそう、なんですけど……痛いのも、番になったという証《あかし》なので……ちょっと余韻に浸りた……ん、ん？　またおっきく!?」

「今のはお前が悪い」

「あっ、あっ！　せめて、体勢を……顔が見たいです」

私は膝《ひざ》に素早くロバートを抱え直し、直ぐに挿入した。先ほどまで瘤《ノット》を飲み込んでいた孔は自重で一気に飲み込んでいき、ロバートはその衝撃だけで達した。

「はぁっ、は、ぁ……あぁ……」

呼吸を整えながらぽろぽろと零れる涙を舐め取っていると、少し落ち着いたロバートがこっちだと言わんばかりに私の頬を両手で挟んで唇を寄せる。積極的に求められるのは嬉《うれ》しい。私は口を開いて迎え入れながら上下に揺さぶる。

「んんっ、ふ……くぅあッだめ、だ……これっ！」

ぐちぐちと中で出したものが泡立つような音をさせながらひたすら奥を穿ち、お互いに達する。

私の方からロバートの発情《ヒート》を促したが、今度は私がロバートの発情《ヒート》に促されて深みに嵌《は》まっていく。

「だして……中、に、おく……もっと、奥に……」

そうしてしばらくの間、獣のようにひたすら互いを求めあい、とても子を産んだとは思えないほど細い腰を摑《つか》む何度目かでロバートの声の嗄《かす》れに気付き、少しだけ頭が正常に戻る。

あぁ水を飲ませてやらねば。食事も摂らせなければ。また痩《や》せてしまうなと、私は手の届くところに置いておいた水を口に含んだ。そのままロバートに口づけると、とろりとした表情のまま口を開く。

水を少しずつ流し込んでいくと、こくりこくりと喉《のど》を上下させて飲んでいく。

「んくっ、んぅ……は、ぁ……」

「……陶酔状態、だな……。食事も摂らなければ。少し休むぞ」

食事は扉の外に置いておくように頼んでいる。取りに行こうと夜着を羽織ると、ロバートが羽織った夜着の裾《すそ》を握りしめていた。

「あっ……ごめん、なさい……！」

「謝らなくていい」

慌てて離そうとしたロバートの手をとり、シーツを巻き付けて抱き上げてそのまま食事を取りに行

く。なるべく簡単に食べられて栄養の摂れるものをとの要望を満たす具沢山《ぐだくさん》のサンドイッチを取ってまたベッドに戻り、ロバートを膝に乗せて手ずから食べさせ、水を飲ませる。ロバートの食事が終わり、私も食べるかと思った所でロバートがそれを遮るように、グラスを脇机に置いた。

「もっと……」

む、足りないか。なら私の分を……と手を伸ばすと、違うと言って首を振り——

「もっと、お腹いっぱいに、してください」

そう笑って私のものを口に含んだ。

「あぁ……発情《ヒート》怖い……何て恐ろしいんだ……。どう考えても俺みたいな地味な奴《やつ》の吐く台詞《せりふ》やすい行動じゃない……」

元々オメガとしての特徴が薄いからか、ロバートの発情期《ヒート》は三日目にはすっかり落ち着いていた。熱に浮かされていた頭もすっかり元に戻ったが、ただ体力は限界だったようだ。動くことができずにぐったりしつつも、発情期の自分の姿を思い出してもんどり打っているという状況である。

取《と》り敢《あ》えず服を着がえさせてやっていると、肩に寄りかかってすんすんと匂いを嗅ぎ始める。

「強くないけど匂いが分かります！」

最中の艶《つや》は鳴りを潜めたいつもの緩い笑みだが、とても嬉しそうにしている。試しに浄化魔法を掛けてから嗅がせても、ちゃんと分かったようだ。

「ダリウス様は柑橘《かんきつ》と薬草が混ざったような、すっきりとしたいい匂いですね」

「そうなのか。自分の匂いは分からないから、お前がいい匂いだと思うのならよかった」

「あ、そうなんですね。……じゃあ俺もちゃんと匂いがしてるんですか？」

「清潔な感じのするいい匂いで私は好きだが……何が一番近いかと言われると……粉石鹸《こなせっけん》、とか」

「……こ、粉せっけん――!?　……匂いまで地味……！」

ロバートは目を丸くした後、可笑《おか》しくてたまらないといったように体を震わせて笑う。

アルファやオメガの相性は匂いにも現れる。「粉せっけんの匂いが好きとかダリウス様って割と本気で地味なものが好きなのかもしれないですね」とさらに笑っている。

「確かに控えめな匂いだが、もしお前の匂いが万人にも分かるとして、誰の事も不快にしない、いい匂いだと思うぞ」

「……すごい。物は言いようだ。褒めるのが上手過ぎる」

少し呆《あき》れた風に笑いながら、ロバートは項を撫《な》でて顔を綻《ほころ》ばせた。幸せそうなそれは、笑おうと思って浮かべたというよりは知らぬ間に思わず浮かんだ、といった風であった。

「改めて、どうかよろしくお願いします」

「こちらこそ末永く頼む」

そう言って耳まで赤くして照れ隠しのように笑うロバートを見て私も笑った。

それはやっと自分の番《つがい》にできたという喜びでもあり、なかなか与えられるものを受け入れられないこの何も持っていなかった青年が受け入れてくれたという喜びの笑みでもあった。

26．新しいお仕事？

「おとうさん、こわいの？」

「何か言われても私と兄が対応するからそんなに緊張することはないぞ」

「や、そうは言ってもさすがに緊張しますよ……」

ダリウス様と番になったからということで、俺はダリウス様とダリウス様のお兄さん、シグリッドと一緒に国王陛下に拝謁するため王城へとやって来ていた。

屋敷も立派だけど、ダリウス様が華美なものをあまり好まないからあんまり気後れする感じはない。でもここはいかにも「城です！」って主張がすごい。

城に入るのなんか当然初めてだけど、絵本とかに出てくる印象そのままだ。こんな赤くて綺麗《きれい》な絨《じゆう》毯《たん》を踏んでもいいのかと一瞬悩んで足を下ろし、謁見室とやらに進んでいく。

辿《たど》り着《つ》いた先の部屋は、これまたものすごく豪華な部屋で、そこに王様と王子様が待っていた。お二方とも明るい金髪に鮮やかな翠玉《すいぎよく》の目をしており高貴な方らしく、当然のように美形である。

許可を受けてシグリッドとともに名乗ると、結婚についてはあっさり許可してくれた。でも正直ダリウス様を目の前にして「駄目だ」と言えるかというと、無理じゃないかと思う。

「いや、本当に。正直よく子を作って番《つが》ってくれた！　心から感謝しているぞ。そこのヴァレインの兄弟二人はなかなか結婚はせんし、子はできんしで……」

……うーん、この。

上流階級だから血を繋《つな》ぐことは大事なんだろうし、兄弟二人ともがその義務を果たしてないってのは結構大きな問題だったのかもしれないけど……。

ダリウス様のお兄さんの番もあまりいい家の出ではないそうだ。魔力も高くない上になかなか子どもができなくて、ダリウス様のお義母《かあ》さんだけでなく、王様たちにも色々言われていたらしいということは聞いている。だからか王様の発言に場の温度が一段階下がった気がする。いや、シグも「ひんやりする」と言っているから多分気のせいじゃないな。

「そもそもは、愛人を作った父が一番の原因ですが、父が死んでからは母が主たる原因だったのです。母の実家の家格がヴァレインと同等以上だったのと母の祖母が王女だったからでしょう？　それを無視して我々だけが悪いように言うのはやめていただけないでしょうか」

こ、怖っ……。

言い方はとても丁寧だけど。お兄さんは何かこう、静かだけど怖い。

ダリウス様もピリピリしてるけど、こっちはもうある程度慣れた。お兄さんは表情もあんまり変わらなくて、妙な迫力がある。美形が無表情だと下手《へた》な荒くれ者より迫力があるし威圧もしてるんだろう。シグリッドが「ひんやりちくちくする」と嫌そうな顔をしている。

「すまない。今のは父が失礼した」

よく言えば空気を変えようと、悪く言えば恐らく誤魔化《ごまか》そうと王子様が謝罪した。多分まだ怒ってはいるんだろうけど、一応ヴァレイン家の兄弟は威圧を引っ込めたみたいで、シグリッドも嫌そうな顔をやめた。

「何はともあれめでたいことだし、こちらとしては認めない理由はない。ロバート殿、これからはダリウスをしっかりと支えてやってくれ」

シグリッドもよろしく頼むと王子様が言うと、シグリッドも「よろしくおねがいします」と返す。

あまりよくない空気を感じたからか、とても淡々としている。

「それと別件だが、ロバート殿宛《あて》にフィライトから礼が届いている。一人親で子を抱えているにもかかわらず徴集したことへの謝罪と礼、あとは活躍についても報告が上がっているのだが、そのことを受けて騎士団長と魔法師団長からロバート殿に話があるとのことなので、話を聞いてやってくれ」

「……承知いたしました。許可をいただきありがとうございました」

文官らしき人が恭しく運んできた結婚許可書を受け取り、不備がないかをダリウス様が確認している。どうやら問題なかったようで「ありがとうございます。御前失礼致します」と再び礼をするのに合わせて俺も礼をし、退室する。思ったよりもあっさり終わったのでちょっと拍子抜けした。

「あっさりでしたね」

「まあ……今のところはな」

「ロバート殿。王族はああ見えて狸《たぬき》だから、ダリウス抜きで接触してきたらすぐに言うように。失礼な言い方ではあるが、身分が低いのを理由にして応えないのがいいだろう。ダリウスに確認しますとな」

「はい。もしそういったことがあればそうします」

確かにそう。王様たちが簡単な相手だったら、ダリウス様はもっと大々的に俺を探したはずだもんな。一人で対応しようとする気はさらさらないけど、気を付けようと思う。

お兄さんに礼を言って別れ、さっさと行って終わらせようと言うダリウス様について今度は騎士団へと向かった。

「何よ。平凡とか特徴がないとか地味とかばっかり聞いてたからどんな子かと思いきや、思ったより普通じゃない！　シグちゃんも可愛いー！　ほらお姉さんにおいでおいでー」

「言葉として可笑しくないか。私はずっと普通だと言っていただろうが。あとお姉さんは図々しいぞ。私より年上の癖に」

「だって番の贔屓目《ひいきめ》で出てくる言葉がそれなんだから、下方修正するに決まってるじゃない。それよりも図々しいとはどういう意味かしら」

「そのままの意味だが」

「あぁ……！　こんな感じの子だった気がする……！」

何だか言い合いを始めるダリウス様と魔法師団長をまるきり無視して、騎士団長は俺を見てにこにこしている。シグリッドは魔法師団長の勢いに押されて俺にしがみついてきたので抱っこした。

魔法師団長は緩く波打つ緋色《ひいろ》の髪と目をした気の強そうな女性、騎士団長は体格はいいけど優しげな顔の薄い茶髪の垂れた翠目《みどりめ》の男性である。上流階級のアルファはみんな美形なので、もうそこは以下略ということで。

にしても騎士団長も魔法師団長も初めて会うんじゃないのか？　と俺が首を傾《かし》げていると騎士団長

は、「子どもの頃、サンセト孤児院で斥候職はどうかと助言されたことはないか」と言った。

「……あります！　まさか騎士団長様が……？」

ある！　俺は花形っぽい剣とか槍《やり》とかその辺は得意じゃなかったし、何となく体格もよくならないだろうなと思っていたから、そういう人間でも騎士団に席ってあるのかって聞いたことがある。どうやらその質問に対し、俺にその助言をくれたのは、当時隊長級だった騎士団長だったらしい。

「──その節は本当にありがとうございました！　あの助言《アドバイス》のお陰で何とか生きてこられました」

まさか恩人に会えるとは！

あの助言を受けて斥候狙いで鍛えていたから、孤児院を出て傭兵《ようへい》ギルドでも何とかやっていけたんだよな。嬉《うれ》しくなってお礼を言ったらダリウス様が何だかちょっとぴりっとしてる？　そしてシグがじっとりとダリウス、ダリウス様を睨《にら》んでいる。

「おいダリウス、威圧を止《や》めろ。子どもか」

「……ちくちくする」

「ダリウス様、すみません。俺もちょっとちくちくします」

「む……すまん」

バツが悪そうに威圧を引っ込めたダリウス様に騎士団長が早速だが、と話を切り出した。

「さて、番でご足労願ったのは他でもない。用件は三つ。まず一つ目は、ロバート君のお陰で騎士団内の下層民への態度に問題ありの人間、及び問題の揉《も》み消《け》しが発見できたことについての礼だ」

俺が逃げるときに言い訳にした「下の人間の扱われ方」について、ダリウス様から話を聞いた両団長が思うところあって覆面調査や監査、匿名の多面評価を実施したところ、問題のある人間を見つけることができ、全てではないだろうが握《にぎ》り潰《つぶ》された問題もいくつか明るみになったらしい。一部の被害者については両団長が直々にお詫《わ》びに行ったそうだ。

「公式の謝罪については、報復が怖いのでと誰も希望しなかったがな……今後はこういったことのないよう内部牽制《けんせい》が働くように整えていくつもりだ」

「俺は何もしてないですけど、冤罪《えんざい》の人がひどい目にあったり、本来の罪以上のひどい目にあう人がいなくなるのならそれはよかったです。よろしくお願いします」

それを言ったのは言い訳ではあるんだけど、そういったことが起こっているのが現実なのは本当だ。

約束する、と頷《うなず》いて騎士団長は二つ目だが……と続けた。

「ロバート君に騎士団に入って貰《もら》えないかと思ってな。そこの魔法騎士の補佐とか秘書とか世話係とか抑え役とかで……」

そういうことをしてくれると非常に助かるんだと割と本気で言っている。

「ダリウスは魔法師団長《イライザ》よりはマシだし、番を無事得たから少しは落ち着くと思うが、基本利かん坊だからな。そいつの管理をしてくれると非常に助かる。何かなし崩しにずっと私がこいつの諸々《もろもろ》を管理しているが、これ、私の業務じゃないからな」

お前も公私ともに側《そば》に置けるし双方にとってメリットの多い話だと思うが、とダリウス様の方を向いてにっこり笑う。

「三つ目はね、ロバート君は対魔法使いが得意って聞いたから魔法師団員を不意打ちに慣れさせせて欲しいなってお願い。魔法使い《うちの子》たち、最近調子に乗ってるのよね」

「俺のはあくまで不意打ちなんで、状況にかなり左右されますし、周りに何もない訓練場のような場所では難しいですよ」

「じゃあ野外とか、団体戦時に混じってもらう感じでならどう？」

「多分、それなら」

「じゃあその時にはお願いしたいわ」

それに対してダリウス様が、自分付きはいいが訓練は危ないと難色を示し、心配なら防御でも何でもガチガチに魔法をかければいいじゃない！　とまた喧嘩《けんか》が始まり、シグリッドの「ケンカはよくない」の一言に二人が黙る。騎士団長が止める手間が省けたと笑うのと一緒に俺も笑って主張した。

「ダリウス様、俺、構わなければどちらもやりたいです。もっと落ち着いてから、かつ短時間勤務ならですけど」

そう言うと目をぱちぱちさせたあと、眉《まゆ》を寄せて散々迷った挙句、分かったとダリウス様も笑ってくれたのだった。

27. 手放すもの（ダリウス視点）

「何でそんなに渋るんだ。ロバート君だって乗るだろうし、お前にだってメリットの方が大きいだろうに」

「む……しかしな」

　ロバートにライリーとイライザを引き合わせた後、ロバートはめでたく魔法騎士《わたし》付きとなることが決まった。そこまではいい。訓練もまあいい。そこまではよかったのだが、ライリーから優秀な斥候であるロバートを、私付きだけではなく騎士団との併任にしたいという打診があり、私はギルドや孤児院へ行くというロバートたちと別れた後、騎士団長室で端的に難色を示していた。

「ロバート君はお前がそうして欲しいと請えば、諦《あきら》めるだろう。だが、ただ小姓の役目だけをさせるのは、フィライトからの報告を見ても勿体《もったい》ない。せっかく実力があるのだから、それを対外的に知らしめた方が、お前の隣で息がしやすいんじゃないかとも私は思うけどな。何だかんだ条件的に、お前は大変魅力的なアルファだから、番《つがい》になったとしても、ちょっかいをかけようとする輩《やから》も多いだろう」

　中身は子どもだけど、と付け加えるライリーを軽く睨《ね》めて、私は肩をすくめる。

　この「嫌だ」と思う感覚の正体も本当は分かっている。ずっと逃げられていたのをやっと捕まえて番になったばかりで、今はいわば蜜月《みつげつ》だ。囲い込みたいという本能が強くなっている状態だという自覚はある。

自らの巣に押し込めておきたいという気持ちと、手にしてこられなかったものや、やりたかったことはできるだけやらせてやりたい。そんな気持ちが存外のんびりとせめぎ合っている。

「ロバートに話はしておく」

いずれにせよ、話さないという選択肢をとるつもりはないので、帰ったらきちんと話し合うつもりだ。

「ああ、いい返事を待ってる。今回の戦ではなかったが、発情状態のオメガに更に薬を使って、ベータにまで影響を与えるような発情状態にして戦場に放り込む、という非人道的な戦法をとるようなことが過去あったという記録が残っていてな。万が一そういう作戦を取ってくるような相手の場合、一見オメガに見えない上に戦闘能力が高く番のいるロバート君は貴重な存在だ。もうお前と番っているからラットに入ったアルファの中でも大丈夫だし、何より本人が一人で身を守れる」

「目の届かないところへやるつもりはないが」

「例えばの話だ。今の時代にそういうことをするような愚か者はいないと信じたいが、可能性がないわけではないからな」

ロバートがオメガに見えないのは、実際オメガだと気づかなかった人間がここにいるので否定する気はない。暗殺者ギルドの人間からも熱烈に歓迎されていたらしいので、地味で特徴がない癖に、案外それが貴重な特徴という。何だか訳が分からなくなってきた。

「あと、こっちは余談……お前の娘のシグリッドだが……両親のいいとこどりな上、アルファのようで、よかったな。ベータならまた別のオメガと子を作れと言われかねんし、オメガなら……嬉々《きき》としてアルファを宛てがってくるだろう」

　そう言って嫌そうな顔をするライリーは、職業的な見地でものを言うことはあれど、元々アルファだとかベータだとかオメガだとか、バース性ありきでその人物を見ることは好まない。それがこんな風に言うのだから、ヴァレイン家はよほど危なっかしいとみえる。

「――ただ、アルファだったとしても恐らくこれから王家が煩《うるさ》いぞ。ついでにイライザもな。既にギルバード殿のところの子はとても煩く言われているらしいし、気を付けろ」

「ああ。忠告感謝する。兄からも十分に言われているからな。では、また」

「ああ、また」


　城での挨拶回り《あいさつまわ》が済んでからまだ用事があるというダリウス様と別れた俺は、取《と》り敢《あ》えず傭兵ギルドにやって来た。

　一応迷惑掛けたからな。でもそもそもの始まりというか原因はギルマスが昼食を奢《おご》ると俺を騙《だま》したことからだけど、そのお陰でダリウス様と出会ってシグリッドが生まれたわけで……。

　あれこれ、もしかして感謝すべき案件かな？　うわぁ……納得いかないなー……。

「こんにちはー」

「おう！　ロバート久しぶりだな!!」

　久しぶりに会ったギルマスは相変わらず逞《たくま》しい外見に真逆の文官ぽいシャツ姿だ。相変わらず似合っていない。

「娘っこはダリウス様によく似てるな！　将来有望だな！」

「くまさん？」と首を傾げているシグリッドの頭をぐりぐり撫《な》で豪快に笑うギルマス。反対に、シグリッドはえー……と微妙な顔をしている。何でダリウス様に似てるの嫌なんだろう？

俺に似てた方がよかったかと聞いてみたことあるけど、そういうわけでもないらしい。謎だ。

「ま、娘っこのことは一旦《いったん》置いといて……おっまえなぁ……俺はちゃんと話せっつっただろうが！」

「俺だって色々事情があったんだよ。……それより俺がフィライトにいるってギルド内の情報をダリウス様に教えたのギルマスなんだろ？　結果的には感謝してるけど職権濫用すぎるだろ」

呆《あき》れて怒鳴るギルマスに、俺が少し誤魔化《ごまか》すように答えるとギルマスはにまーっと感じの悪い笑みを浮かべる。うわ、感じ悪っ！

「馬っ鹿だなぁ。お前はマシューの依頼を放って逃げたから依頼は未達成状態だぞ。暗殺ギルドの方は取り下げられてるけど」

「あっ」

「だからギルド内で『依頼主から探されてる』って情報を登録してたんだよ。それとヴァレイン様から指名依頼があるって登録との合わせ技にしてるからお前の情報を開示したって問題はないんだよバーカ」

そう言われたら確かにそうなんだけどさぁ！　うわー腹立つ！

「それでお前が来たら依頼を下げられるよう委任状をダリウス様とマシューから預かってるから手続

きしていけ」

「へーい……」

「おとうさん、おへんじはちゃんと」

「はい……」

「娘っこしっかりしてんな」

シグに注意されて、ちょっとしょんぼりしながら取り下げ書に記載していく。その隣でシグと手遊びしながら待っているギルマスがぼそりと呟《つぶや》いた。

「お前、騎士団でダリウス様付きになるんだって？　よかったな。まあ時々は顔出せよ」

「コネみたいなもんだけどね。ギルマスも色々ありがとう。登録は残してもいいらしいし、許可さえ貰えればこっちの依頼も請けられるらしいから、何かあったら一回くらいタダ働きするよ」

「おっ、言ったな？　まあいざとなったら頼むわ」

戦いも終わって、傭兵ギルドの仕事はかなり減るから、しばらくは冒険者ギルドと依頼を分け合うことになるそうだ。じゃあしばらく借りはそのまま貯金ということになりそうだなと思いながら、俺は立ち上がってシグリッドを抱き上げた。

「了解。じゃあまた」

「何だよ忙《せわ》しねぇな。ちったぁゆっくりしてけよ」

「ごめん、今日これから孤児院にも行く約束してるんだよ。またちゃんと顔出すからさ」

「それならしゃーねえな……じゃあシグリッド、またな」

「またねー」

手を振るギルマスにシグリッドと一緒に手を振り、足早にサンセット孤児院に向かう。夕飯の準備で忙しい時間に掛からないよう急がないと。

十五で院を出てから一度も顔を出していなかった孤児院は記憶の中とそう大差ない。相変わらず古くて飾り気はないが、お城の後だから、なおのことそう感じるのかもしれない。

「おとうさん、ここは？」

「お父さんが大人になるまでいたところだよ。お父さんは家族がいなかったから、ここで育ててもらったんだ」

孤児院の中も変わりなく、古いけれど綺麗《きれい》に掃除されている。子どもたちが仕事をしたり部屋の中で授業を受けたり、中庭で訓練しているのを見て懐かしく思いながら、俺は院長室を訪ねた。院長先生はとても心配していたらしいので、ご心配をおかけしましたと謝ったのだが……。

「子ども……!?　あなたが魔法騎士様と番!?」

いつも穏やかな様子しか見たことのなかった院長先生が驚き慌てふためいていた。……何かすみません。

院長先生はしばらく驚いたあと、少し落ち着いたのか、こほんと咳払《せきばら》いをし、おめでとうと祝いの言葉をくれた。シグリッドを改めて紹介し、近況やオリヴァ先生も一緒に帰って来たことを伝えたりしているうちにあっという間に時間は過ぎ、俺は一番確認しておきたかったことを院長先生に尋ねた。

「……ところで話は変わりますが、俺のことを問い合わせてきた人とかって今までいました？　多分いなかっただろうとは思うんですけど」

「……そうですね。残念ながらいませんよ」

「やっぱり。ありがとうございました」

不思議そうに俺を見る院長先生に礼をして、俺とシグリッドは屋敷への帰路に就く。


騎士団長室から執務室へと戻った私は、とある書類に目を落としていた。

ロバートの持つ二つのペンダント型の魔道具は、それぞれ内包している魔力が異なる。私はそれを知ってから、片方が父親のもので片方が母親のものだと推測し、この二つの魔力を意識的に探すようになった。それはロバートを親に会わせてやりたいなどといった美談めいた話ではなく、万が一ロバートを捨てた親が私と結婚したことでロバートに妙な接触をしてこないか警戒するためと、シグリッドが魔力探知できるようになった時にロバートと間違えて探知してしまうのを防ぐためだ。

逃げた時に屋敷に置いていった方の魔道具の魔力はロバートがいなくなってから色々な場所でずっと探していたが、いくら探しても見つからないため、この国にはいないか……あるいはもう既に故人なのだろう。

だがもう一つ、ロバートが貸金庫に預けていた方は……思いがけず同じ魔力の持ち主がすんなり王都の中で見つかったのだ。

「あの家か——納得だ。魔力なしが生まれたりしたら躊躇《ちゅうちょ》なく捨てるだろうな」

ロバートの魔道具に込められた魔力の持ち主は、高名な魔法使いを輩出する旧家出身のアルファで、美しいと評判だったオメガの妻を二十年程前に亡くしている。この家は魔力至上主義で、「魔力がない者は人間ではない」と考えるかもしれないと思わせるような家である。

私の予想では、母親はそうは思わなかったのだろうが、父親は妻に請われてあのペンダントを用意しただけで、妻にも自分にも似ていない魔力のない子どもに興味がなかったのだろう。その後探した様子も一切なかった。

となれば、今さらロバートにどうこうはまずないだろうが、シグリッドのことが知られれば、面倒が起こるかもしれない。

「今戻った」

「えっ――」

「？」

そんなことをつらつら考えながらマシューたちへ手早く声を掛けて自室の扉を開けると、ロバートが私の制服を羽織り、驚愕《きょうがく》の表情でこちらを見つめていた。

フィライトで捕まえた時と同じくらい……いや、正直それ以上に驚いていて、完全に固まっている。

何をしている？　と疑問を発する前に、ロバートは表情を変えずに私の顔を見つめたまま、ぎこちなくそろそろと制服を脱いでいく。脱ぎ終わったところで、表情は変えないまま、じわじわと顔色だけが赤く染まり始めた。

「……お、おかえりなさ……」

顔が赤くなるにつれ、表情も驚愕《きょうがく》から気まずそうな恥ずかしそうなものに変わる。もしかして巣作りの最中だったりしたのだろうか。発情期はまだ先だと思うのだが。

「ロバート、まさか発情が近いのか？」

「あ、や……これは、その」

先日番《つが》ったばかりだからと思っていたが、元々ロバートはオメガとしての特徴がなかったオメガだ。想定が甘かったという私の思考に「違います！」と何かを察したロバートが待ったをかけた。

「………俺、推薦してもらって騎士団受けたけど、落ちちゃったんで……夢見る少年のような憧《あこが》れは別にないんですが、それでも騎士団に入ろうと思って狙って鍛えてたし、制服のある固い仕事いいなぁとか、そんな、感じで……」

「それで何故《なぜ》私の服を」

誤魔化すように張っていた声は段々尻《しり》すぼみになり、完全に真っ赤になってロバートは俯《うつむ》いてしまった。

「ええと……ダリウス様につくのと、訓練はいいけど、俺が騎士団にっていうのはダリウス様、少しお嫌なのかなって。だから制服着ることはないかなぁって眺めてたんですけど、ちょっと着てみたくなって……ダリウス様の、匂いもするし……」

「嫌というわけではない」

ロバートがオメガであるという自覚が薄くて戸惑《とまど》いがあるのと同じように、私もそこまでアルファとしての本能が叫ぶ思いを、誰かに抱いたことはない。そういう意味では私とロバートは似たような状態なのだ。

「確かにずっと目の届かない場所に逃げられていたし、そういう部分が全くないとはいえないが、嫌なわけではない。だがお前がやりたいと思うことはできるだけやって欲しいし、その手助けをしたいとも思っている。ただ、譲れない部分もあるかもしれないから、そこは要相談ということでどうだろうか。ライリーからお前に騎士団との併任の話もきているし」

「えっ！　いいんですか？」

「単独任務は避けて欲しいがな」

「それで構いません。やりたいです……！」

ライリーの勧誘を伝えると、ぜひやりたいと目を輝かせている。まあ、イライザがぎゃんぎゃん言っていたように、護りもつけるし大丈夫だろう。

何よりロバートの生きようとする意志は強い。シグリッドがいるなら尚更《なおさら》だ。この番《つがい》のそういうところは信用できると私は思っている。

「じゃあ騎士団にも所属するとライリーには伝えておく」

「やった！　ありがとうございます!!」

「そんないちいち礼を言わなくてもいい」

家族なのだからと口にしようとしたのだが、私より先にロバートが口を開く。

「〝ありがとうとは、感謝の気持ちを忘れないこと。そう有ることは難しい。だから、有り難い〟」

「……？　どういう」

『ありがとうと思う気持ちを忘れないように、当たり前にしないように』サンセトの院でそう習ったんですよ」

確かにロバートは使用人として屋敷にいる頃から、よく礼を言う人間だった。それは境遇などからの卑屈さから出たものと私は解していたが、そうではなかったのか。

「まあ、あそこにいるのはみんな孤児だから、処世の意味での教えではあるんでしょうけど、俺はその通りだなって思ってるんで。聖職者でもないし、全部が全部にそういう気持ちを抱くことはできないし、するつもりもないですけど……大事な人にこそ、家族にこそ、ちゃんと言いたいなって思います」

ロバートが、緩く笑う。

私は家族がいはしたものの、死んだ母も、義母も兄も誰も彼もそんなことをいう人間はいなかった。

思えば……きちんとそういう風に私に礼を言う人間は……。そんな事実に気づいた私は、そうかと思わず口の中で呟いて、笑った。

「そうか……ロバート、ありがとう」

「えっ、これ何のお礼ですか？」

「……何となく、だ」

頭に疑問符が浮かんでいるんだろう。

何ですかそれ、と困ったように笑うロバートに私もまた、笑った。

その夜、早い時間の寝かしつけが成功してぐっすり寝ているシグリッドを間に挟み、寝台の上でロバートに話を切り出した。

「ロバート……お前、もし親が生きていたとしたら……会いたいと思うか？」

「いいえ。確かに俺を捨てた人は俺が生きていくことを考えてくれていたんだとは思います。でも結局は捨てたんですから」

孤児院に問い合わせがあったとかもないし、生きていようがいまいが向こうも気にしてないんでしょう。

ロバートは強がっている様子もなく淡々と言った。

「なら……構わないのであれば、そのペンダントは外して屋敷で保管し、代わりに私の魔力を籠《こ》めたものを持っていて欲しい」

「……すごい。ちょうど俺もこのペンダントを外してくださいとお願いするつもりだったんですよ」

何故、と思いながらペンダントに掛けていた魔法を解除すると、ロバートは外したペンダントを掌《てのひら》の上に載せて、じっと見つめている。

「本当に小さい時は、このペンダントを残してくれたってことは、これを頼りにいつか迎えに来てくれるのかもしれないと思っていたんです。でもこれはただ俺が一人で生きるために置いていったものだと、そのうち気づいた。実際このペンダントにはずっと助けてもらってきたし、感謝してる」

でも、とロバートはペンダントを握り締めて私の方を向いた。

「でも、もっと大事なものができた今は、これを頼りに俺を見つけた人が大事なもの――ダリウス様やシグリッドに害意がある可能性もゼロではないから……手放さないと、いけないかなと思ったんです」

「……いや、それに籠《こ》もっている魔力さえ封印、もしくは私の魔力で上書きすれば持っていても大丈夫だと思うぞ」

「なら上書きしてもらえますか。ダリウス様が新しいのをくださるまで、少し時間が掛かるでしょうし」

そう請われ、私はロバートのペンダントの魔力を上書きした。

ロバートはそれをそっと胸元で握り締め、小さな声で「今までありがとう」と呟《つぶや》き、私の方を向く。

泣いているように見えたが、泣いてはいなかった。何かが吹っ切れたようにほわりと笑っている。

「ペンダントを捨てなくて済むのは嬉《うれ》しいです。屋敷で大事に保管できる上に、ダリウス様が代わりをくださるというなら何も問題ないというかむしろ嬉しいというか」

「そうか」

これでロバートを見つけることもないだろう。

私はほんの少しだけ浮かんだ昏《くら》い悦《よろこ》びを隠すようにロバートの頭を撫《な》でた。

「新しいものはペンダントより魔力を多く籠められるものにするつもりだから、今より使える魔道具の幅は広がるぞ」

「えっ本当ですか！　やった。……あ、俺意匠のことは詳しくないし自信がないのでお任せしますが、色だけお願いしていいですか？」

「ああ。何だ？」

「ダリウス様とシグの色のものがいいです」

そう言ったロバートをじっと見つめていると、恥ずかしくなったのかじわじわ顔が赤く染まっていく。

私はそれを見て愛《いと》おしく思い、ロバートを強く抱き締めて口づけた。かつて気付かなかった気持ちの正体はこれだったと今はもう十分に分かっていた。


「制服の魔法はすごいですね！　俺みたいな地味なのでもちゃんと騎士団の人に見える！」

それはそうだろう。

騎士団への併任が決まったあと、私は普段着るものとは別に、すぐにロバートの制服を誂《あつら》えた。出来上がったものを試着しているロバートは、まるで少年のように嬉しそうに動きを確かめていて、それを見てはしゃぐシグリッドの二人を見ていると、私も嬉しい気持ちになった。しかし、地味さと騎士団は全く関係ないだろうと思うのだが。

「よく似合っている」

「お父さんかっこいい！」

「やった！　ダリウス様ありがとうございます。シグもありがとう」

「それぐら……いや、どういたしまして」

「ありがとうはだいじ」

「そう、大事だよな」

シグリッドを抱き上げたロバートが、こちらを見て緩く笑い、シグリッドもよく似た笑みで笑っている。

その温かな光景に、私もまた、ありがとうと小さく呟いたのだった。

28. ないもの探しは難しい

「シグリッド・ヴァレインともうします」

「シグ上手！　偉い！」

「お前も頑張れ……」

俺とダリウス様は正式に結婚し、俺とシグリッドはめでたく「ロバート・ヴァレイン」「シグリッド・ヴァレイン」となった。家名があるの……変な感じ。そわそわする。シグリッドは屋敷にすぐ馴《な》染《じ》んだのと同じくすぐに慣れて、普通に挨拶《あいさつ》できて偉い。賢い。

お披露目とかはできれば嫌だな、やりたくないなと思っていたけど、しなくていいそうだ。独占欲の強いアルファの場合、番のオメガを囲い込んで他人に見せたがらないというのはままあることだそうで、ダリウス様的にも可能ならその方がいいと。

「ただ、色々招待されたものに関しては、行かねばならんがな。兄が慣れるためにと比較的軽い会を開いてくれるというので、そこで練習しておけばいいだろう。兄の息子《むすこ》のリーファスも一緒だし」

「はい。分かりました」

「シグはだいじょうぶだよ。でもリーくんとはあそぶ」

「うんうん。……シグもリーファスくんと遊ぶ時用の、かわいい服作ってもらおうな」

「うん。でもいっぱいはいらない」

すぐ着られなくなるからちょっとでいいと言うシグリッドは冷静だ。反対に浮かれている俺はちょっと反省した。

今はできたばっかりの騎士服を試着中なんだけど、案外これも礼服代わりに使えるらしい。便利……。けどさすがに茶会や夜会みたいな社交の場では駄目なので、今後のためにシグも俺も服をもっと作ろうとかそんな話をして、あとはそうだな……とダリウス様は考え込んだ。

「一応二人ともヴァレインの名で、教会で祝福を受けておくか。どうせ婚姻の宣誓で行かねばならんし」

「しゅくふく？」

きょとんとするシグリッドに、「元気で幸せに暮らせますようにって教会でお祈りしてもらうことだよ」と説明すると、シグリッドが何でかむすっとした顔をして首を横に振った。

「いらない」

「何で？　怖くないよ。お父さんも一緒に受けるし」

「シグにはあるもん」

「いや、確かに受けてはいるんだけど……」

あれ、一番下のランクのやつだしなぁ。そのお金によるあれこれの差をどう説明しようかと悩んでいると、シグリッドはまた首を振った。

「おとうさんがシグをよんでくれたおいのりがあるから、ほかはいらない」

「えっ」

「シグ、何だそれは?」

「ええとね……」

きみはおれのたからものでまもるべきもの。

どうか、いきるみちにたくさんのしゅくふくがありますように。

すこやかであれ、ゆうかんであれ、せいじつであれ。

やさしくあれ、しんねんをもってじゆうであれ。

しあわせで、あれ。

「——な、何でシグがそれを」

当然のようにそらんじたシグリッドに俺は動揺した。生んだとき以外一回も口にしたことないのに。

あっ、もしかして先生かと思ってシグリッドに聞いたらぶんぶんと首を横に振ってむうっとして、ちょっと怒っていた。

「シグ、ちゃんとおぼえてるもん!」

「とても素晴らしい贈物《ギフト》ではないか。それがシグリッドの命を繋《つな》いだのならなおのこと。この国も昔は真名《まな》を神に捧《ささ》げて加護を受けていたりしたから、魔法の詠唱のように言霊《ことだま》が作用したのかもな」

「俺、魔力がないのに?」

「世の中の不思議なことの全てが魔法で解決するわけではないぞ。バース性だってまだ全てが分かっているわけではないしな。シグ、もう一度祈りを教えてくれるか?」

ダリウス様はそう言って、シグリッドの手を握って俺の手も同じように握った。

「きみは――……」

君は俺の宝物で守るべきもの。

どうか、生きる道にたくさんの祝福がありますように。

健やかであれ、勇敢であれ、誠実であれ。

優しくあれ、信念を持って自由であれ。

「しあわせで、あれ」

「幸せで、あれ」

シグリッドが祈り、ダリウス様がそれを繰り返して唱えると、俺たち三人をほわっとした優しい光が包み込んだ。

「これでいいだろう」

「すごいすごーい！」

「ダリウス様、本当に何でもありですね……」

世の中の全てが魔法で解決する訳じゃないって言ってる側《そば》から魔法で解決させているダリウス様に呆《あき》れつつ、俺ももう一度心の中で「幸せであれ」と、同じ祈りを繰り返した。


「改めて見ると本当に地味だし美しくもないな……」

「何でこのような者と番《つがい》に」

「はあ」

うーん、新しい季節だからかな。

仕事で騎士団内を走り回っていた俺は、育ちのよさそうなお坊ちゃんお嬢さん方に突然絡まれて困まれていた。誰だろう？　新入団員とか新成人だろうか。分不相応とか相応《ふさわ》しくないとか、自ら番解消を申し出るべきとか……番になって結婚して一年半が経《た》つけど、こういう手合いに捕まるのも久々だなあ。若い子ばっかだし優しくいこうか喧嘩腰《けんかごし》でいこうか悩むな。

「おい聞いているのか？」

「何をしている」

反応の薄い俺に苛立《いらだ》った相手が声を大きくしようとしたタイミングで、何もないところからお坊ちゃま方の背後にダリウス様が現れた。芯《しん》から冷えたような声に、俺に絡んできてたお坊ちゃま方の動きはピタリと止まり、威圧のせいで振り向くことさえできないようだ。

ほら、すぐ後ろにいるのは憧《あこが》れのダリウス・ヴァレイン様ですよーと心の中で意地悪を言ってみているものの、言ってる場合じゃない。俺でも威圧を感じるんだから他人がまともに受けたらヤバいかもしれない。

「ダリウス様、ちょっと威圧が強くてちくちくするので抑えていただけますか」

「む……しかしな」

渋りながらも少し緩んだ威圧に、お坊ちゃま方は何とか動けるようになったようだ。

「ほら君たち、またダリウス様が怒らないうちに行きなさい」

そう促すと、みんな謝罪をして慌てて去っていく。うんうん。怖かったのが理由とはいえ、ちゃんと謝れるなら大丈夫だろう。

「助けてくれてありがとうございます。でも大人げないですよ」

感謝はしてるが相手は子どもに毛が生えたみたいなもんだし。ちょっぴり窘《たしな》めると、ダリウス様はむすっとしてしまった。

「人の番に害意を持って接しようとしているんだからあれぐらい大したことないだろう」

「えっあれぐらいで害意判定とか厳しすぎじゃないですか？　……どうりでタイミングよく来られたわけだ。ちょっと判定を甘くしてください」

「嫌だ。お前がああいうことがあった時にちゃんと私を呼ぶなら甘くしてもいいが、呼ばないから駄目だ」

うーん、過保護……。

いつの間に害意の判定を強めに魔法をかけ直したんだ。

俺は首から下げた金と空色の宝石《いし》でできたペンダントをそっと撫でた。

「あれくらい平気ですよ。俺はダリウス様と番になったんだから、生まれも見た目も魔力のことも、一生何かしら言われることは覚悟してます。だって親がいないのや魔力がないことなんて頑張ったってどうしようもないし。でも助けてくれてありがとうございます」

覚悟してた割には外野に何か言われることはほとんどない。たまにああいうお馬鹿さんはいるけど、基本的にはダリウス様がきちんとしてくれているんだろう。

「本人が努力してもどうにもならないことをあげつらって何が楽しいんだ。阿呆《あほう》か？」

「まあまあ。もう放っておいたらいいじゃないですか。ああいうのも含めて、ありもしない不幸や不和の種を探し続ける人たちなんか気になります？　俺は気になりませんよ。幸せなので」

ないものを探して無駄な時間を過ごす人のことを考えたって不毛だと思う。俺に秀でたものがないのは本当のところではあるけど、できることはちゃんとしてるし、それでどうにもならないことは悩んでも仕方ない。

「……確かにないもの探しは相当な難易度だった。お前がちょっとずつ油断していなかったら、恐らくもっと長い間見つからなかっただろうからな」

色々なものがないって、今思えば案外強い。ただそれは何もないからそうならざるを得ないんだとも今は思うけど。

「――あ、そうだ。逆に『みんな美しすぎるから、少なくとも番よりも下のオメガを連れてこい。話はそれからだ』とか大々的に言っちゃったらどうでしょう？　多分いないと思うんですよね。オメガも基本美形だから」

「自虐が過ぎる。お前だって見た目が悪いわけではないし、私はきらきらしいのが苦手なだけであって、別に不器量や不細工が好きなわけではないからな？」

ちょっとむっとしながら慌てている顔を見ながら、俺はそっと項《うなじ》を撫《な》でた。

フィライトにいるときには刈り上げていた髪は、召集されてから散髪できていなかった。落ち着いたら切ろうと思っていたが、ダリウス様と再会してからはそのまま伸ばしている。だから伸びた髪はヴァレイン家に帰ってきた期間を示すものでもある。

伸びた髪の隙間から覗《のぞ》く番の証《あかし》の感触を少しだけ確かめて、俺は小さく笑み、ダリウス様に言った。

「まあまあそれは置いといて、仕事ももう終わりですし、一旦《いったん》執務室に寄って、早く一、緒、に、帰りましょう。シグも待ってる」

ね？　と言っていつものように笑うと、それに納得したらしいダリウス様は頷《うなず》いて歩き出し、俺もそのすぐ隣に並んで歩き始めたのだった。

番外編　いつかなくなるその前に

「ところでロバート、お前はいつまで私を敬称付きで呼ぶんだ？」

「へっ」

「喋《しゃべ》り方も、屋敷では別に敬語でなくてもかまわないぞ」

番《つがい》になり、結婚してからもしばらく経《た》ち、ロバートもヴァレインという家名にやっと慣れてはきた。

しかしロバートの私の呼び方は変わらず「ダリウス様」で、喋り方もかなり緩くはあるが、敬語である。

そう水を向けると、営みが終わったあと横着して寝台から出ずに水を飲み掛けていたロバートは驚き、私を見つめたままごくりと小さく喉《のど》を鳴らして完全に固まってしまう。

「えっ……と？」

……見るからに困っている。

自分の呼び方についても「ロバート様だけは止《や》めてください！」とマシューたちに対し、地面に頭をつけるほど懇願して、皆もシグリッドも引くぐらい必死だったくらいだから、その逆もまた然りなのだろうか。

ただ、必死の懇願で「ロバート様」呼びはされなくなったものの、それは今いる使用人がロバートが勤める前から働いている者ばかりで、つまりは元々同僚や上司ばかりだったから通用しているだけであって、棚上げされているだけである。今後新しい使用人が増えた場合はどう足掻《あが》いても「ロバート様」と呼ばれることになるのだが、それにはいまだに気づいていない。

「人前では色々あるかもしれないからアレだが、普通に喋っても……」

「だ、ダリウス様……」

「む」

「俺にとって……ダリウス様は……」

「私は？」

「あの……ダリウス様はダリウス様で、別に他人行儀だとか使用人癖が抜けないとかそういうんじゃ、そういうつもりでもなくて――」

「あぁ、いや。駄目だとか直して欲しいとかそういうつもりで言ったんじゃないぞ」

一時停止から一気にわぁわぁと喚《わめ》きはじめるその必死さを見て申し訳なく思いつつも、早口で言い訳をするのは癖だな、シグリッドと言い方が似ているな、などと観察してしまう。

しかし段々と語尾が小さくなっていくのと比例して、頬や目の周りが赤くなり始めている。つい面白いと観てしまったがこれは不味《まず》いかもしれない。私はロバートをぐっと抱き寄せて、落ち着けと背をそっと叩《たた》いた。色気も何もない、ただのあやしつけだ。

「分かった分かった、分かってる。私が悪かった」

胸の中で大人しくなったロバートの背を、しばらく叩いたり撫《な》でたりを繰り返していると落ち着いてきたようだ。そのまま猫毛を撫でるとのそりと顔を上げた。

「テンパってすみません……でも、あの、どうしたんですか突然……？」

ややあって口を開いたロバートは、静かにこそなったが困り顔のままだ。少しだけ申し訳なかったなと思いながら、私も口を開いた。

戦もなくなり、魔法騎士《わたし》を含めた各団運営見直しの会議でのこと。

さすがにしばらくは大きな戦もないだろうということで、一時保留になっていた治安維持や魔物退治などに重点を置くことや、魔法師団については研究開発や文官業務の引き受け、職業倫理の教育等々、戦いに割かれておざなりになっていた部分や、人員の割り振りを話し合っていた。とは言っても数値的な詰めはともかく方向性については話し合うまでもないので、予算関係以外が粗方まとまると、あっという間に会話の主が雑談となる。

そうなれば話し好きで揶揄《からか》い好きなイライザの独擅場《どくせんじょう》となるのが会議の恒例のようなものだ。両副団長や隊長級は気を使ったのか、揶揄いの標的になるのから逃げたのかは分からないが、恐らく後者だろう。いつの間にか皆いなくなり、会議室の中はライリーとイライザと私だけになっている。

となれば、ただでさえイライザに揶揄われやすい私が標的になるのは当然の成り行きで、その日の議題は「番と新婚生活について」といったところだった。

私は無口というほどではないが、元々他者と積極的に会話する性格ではないし、そもそもアルファは自分の群れや巣に番を入れて護りたいという性質を大なり小なり持っている。自分の番のそういったところをぺらぺら喋る習性もないし、趣味もない。

「誰が言うか」

「ケチねぇ……だってロバート君って人の目があるところでは、番のダリウスにも敬語じゃない。屋敷とかだとどんな感じなのかしらっていう、単純な興味よ」

頑《かたく》なに無視しても面倒かもしれない。それを聞いたところで何になるのかと思わなくもないが、それぐらいなら答えてやってもいいか。

「ロバートは番になった今も私に対して敬称を使うし、使用人だった頃とさほど変わってはいないが」

「ロバート君の言葉遣いは癖みたいなものじゃないか？　傍《はた》から見ても私たちに対する態度とダリウスに対する態度は違うと思うが」

「それは当たり前だろう。しかしお前たちのところの番は対外というか……他所《よそ》と家でそれほど違うものなのか？」

「――うちの奥さんは『あなた』か名前で呼ぶし、二人きりだと話し方もさほど丁寧ではないかな。子の前では多少丁寧だが。子どもはすぐ真似《まね》するからな」

「うちは幼馴染《おさななじ》みなのもあるし、昔っからお互い呼び捨てねぇ。家が同格なのも女同士なのもあるかもしれないけど。話し方は昔っからお嬢様っぽい感じで今も変わってないわ」

「む……そういうものなのか……」

「まぁでも、別にいいんじゃない？　ロバート君のダリウスに対する砕けた敬語可愛いし。そのうち慣れるわよ」

「お前が話題を振ったくせに返しが雑すぎないか」

「ダリウス。イライザの適当な返しや『可愛い』でいちいち威圧をするな。そしてイライザ、お前は分かっていてそういう言い方をするのをやめろ。大体言い出しっぺが会話に飽きるんじゃない」

「ごめんってば」

「――と、いうようなことがあった。私としては別に直して欲しいとかではなく、もう少し気を抜いてもいいんだという程度で」

「あぁ……会議の時……イライザさんかぁ……」

その全てを諦《あきら》めたような声とへらりとした苦笑いに、ロバートの中でのイライザの位置付けが完全に見て取れる。ロバートの察したり空気を読んだりといった能力は高い。それが変な方向に向かうこともあるが。

「あと」

「あと!?　まだあるんですか！」

「お前が先日ギルドに行っている間、シグと一緒に兄のところへ行っていたのだが」

「初耳ですけど!?」

「今初めて言ったからな」

「海みたいにきらきらしてて、すごくきれい！」

「そうだな。しかし、あまりにも高価なものは嫌がりそうだが……」

「だいじょうぶ。お父さんから見たらたぶん、ぜんぶびっくりするくらい高いもん」

「それは大丈夫と言っていいものなのか？」

ロバートが傭兵《ようへい》ギルドへ行って不在の日。

私とシグリッドはヴァレインの本家で兄に商人を呼んでもらい、ロバートの新しい魔道具用の宝石を見ていた。青い宝石と一口に言っても、色々な表情がある。たくさんの青が並ぶ様はシグリッドの言うとおり、まるで晴れた日の海のようだ。

「兄上、ありがとうございます」

「礼には及ばんが……魔道具の材にするのなら、イライザ殿に頼めばよかったのでは」

「あいつに頼むと煩《うるさ》いし面倒なので」

イライザは洒落《しゃれ》ているし魔道具にも当然詳しいが、こんな話を持っていったらどういうことになるかは火を見るより明らかなので絶対に嫌だ。それに何よりイライザは派手なものを好む傾向にあるので私とは全く趣味が合わない。かといってライリーは私と大差ない……ということで派手ではないがいつも品よく纏《まと》めている兄を頼ってみたのだが、正解だった。出入りの商人も丁寧だが控え目で、こちらが聞きたい素振りを見せない限りは話しかけてこないし無理に勧めてもこない。

現在のヴァレイン本家は完全に兄が実権を握っている。兄に抑え込まれ実権を失った義母は、兄の息のかかった使用人とともに王都から離れたヴァレインの別荘で暮らしているので、このように訪ねやすくなった。

なお義母は、基本的には一人寂しく過ごしているが、ガス抜きも兼ねて孫のリーファスには会わせてやっているとのこと。約束通り兄が盾となってくれる限りそこはお好きにと任せているが、何だかんだ孫が生まれて少しは丸くなったらしい。俄《にわか》には信じがたいし、確かめる気もないが。

「シグ、私もいくつか候補を選ぶから、シグもいくつか選んでみてくれ。気に入ったのがあればシグの分も」

「お父さん、『子どものうちからそんな高いの』って言わない？」

「魔道具に使うものはどれも高いんだとロバートには言うから大丈夫」

「……それ、ほんとう？」

「本当だ。だから気にするな」

疑っているのか、シグリッドがじとりと私を見つめている。魔道具が高いのは本当だから嘘《うそ》ではない。高級な宝石が材料である必要は別にないが。

「……分かった。シグはこれとこれがいいとおもう。ええと、あと……ちゃいろのはないですか？」

「茶色、ですか茶色……琥珀《こはく》か猫目石あたりですかね……あるにはありますが、今日は持ってきていませんね……申し訳ございません」

シグリッドがそう商人に尋ねている。茶色の宝石か……いいかもしれない。

波を重ね揺らめく海のような、透き通った空のような青の宝石をいくつかシグリッドと選び、あとはロバート自身に選ばせようと、後日屋敷の方に持って来てもらうよう――ついでに茶色の宝石も見繕って持ってきて欲しいと頼むと、商人は承知しましたと帰っていった。

「兄上、お手数お掛けしました」

「いや、これくらい……手数のうちに入らない」

「ありがとうございました」

「ああ……」

「……」

「……」

商人が帰ったあと。

リーファスがいるからということと、間が持たなかった時のためにシグリッドを連れてきたはずだったのだが、子どもは子ども同士で楽しんでしまい結局私達兄弟は間が持たない。

礼は言ったからかまわないとは思うが、このまま黙って茶を飲んでさよならというのも少しどうかとも思うので、何か話したいところではある。

「……そうだ、兄上。ひとつお聞きしてもよろしいですか」

「なんだ？」

「兄上のところは番──義姉上《あね》は日頃どのように兄上のことを呼んでいるんでしょうか。話し方などもどのような……外と屋敷では異なりますか？」

「…………は？」

怪訝《けげん》な、理解できないものを見るような目で兄がこちらを見る。

「……ひんやりする」

じわりと威圧が出ていて、気づいたシグリッドは不快そうだし、リーファスも落ち着かないのか、もぞもぞしている。

「実は先日会議の後に番《つがい》の名前の呼び方や番同士での話し方というような話題になったので、単純に兄上のところはどうなのか、と。ロバートは使用人の頃と変わっていないので」

「お前たちは仕事中に一体何を話しているんだ」

その辺りはイライザに言って欲しいのだが。言い訳程度に会議での話を掻《か》い摘《つま》んで話すと、兄の威圧は緩み、眉《まゆ》を寄せながらも話は聞いてくれている。

「……高価そうなものを嫌がりそうだと思うくらいなら、ロバート殿がお前のことをそう呼ぶのは、生まれや育ちを考えれば仕方のない事だというのは分かるだろう。私の番の家格はヴァレインよりかなり下ではあるが、一応はそれなりの家の出だ」

「まあ、そうですけれど」

これは一体何の話なんだと呆《あき》れる兄に、私も何故《なぜ》兄にこんなことを聞いたのだろうかと思った。

私もそうだが、兄はよりこういった話題を嫌がりそうな性格をしている。雑談で間を持たせようと無理矢理捻《ひね》り出した話題なので答えてくれてもくれなくても構わないから、目くじらを立てるのはやめてもらえないだろうか。

「……私の番は愛称で呼ぶ……敬称は人前ではつけるが、二人きりだとまちまち、だ」

ん、んと咳払《せきばら》いしながら兄が呆れている。しかしこれは表情が薄いながらも照れを隠している様子。

乗ってくれるとは意外だった。

「愛称、ですか」

「叔父上《おじ》、母上は父上のこと、ギルって呼びます。母上だけの呼び方です」

「リーファス……そこまで人に言うものでは……」

「あいしょうってなに？」

「シグリッドはシグリッドが名前だが、みんなにシグと呼ばれるだろう」

「うん」

「そのシグというのが愛称だ」

「父上、あいしょう、ないよね……うーん……ダリウス……」

「あぁ、あぁ……無理して考えなくていい、いい。確かに私に愛称はないが、ロバートにもないし、先生にもないだろう。名前の響きや長さにもよるからな」

「むぅ……」

真剣に考えながら変な顔をしているシグリッドに兄は笑い、リーファスが大人びた苦笑を浮かべている。

「あ」

「シグ、どうした」

「父上、お父さんが名前に『さま』ってつけて呼ぶの、父上だけだね」

「……そうか？　そんなことはないだろう。私と同格やより偉い人間もいるし、ロバートはその辺りきちんとしている」

「ううん。『王さま』とか『きしだんちょうさま』『まほうしだんちょうさま』とかは言うけど、名前のときはライリーさんとかイライザさん、だもん」

「む……そう、言われれば……？」

「そういえば、彼は私のことはお義兄《にい》さんと呼ぶな。何と呼べばいいか聞かれた時に義兄《あに》でいいのではと答えたからもあるだろうが」

「なるほど……」

シグリッドの発言は意外と納得できるものだった。ロバートなりに私とその他は意識するともなしに区別しているのかもしれない。


「――と、いったようなことが」

「俺が一緒じゃない時に何を話してるんですか、何を。シグ何にも言ってなかったし……」

シグリッドには内緒にするよう言っておいたのだが、宝石の部分を伏せて話した反応を見る限り、約束を守ってくれているようだ。なお、宝石の件を伏せたのは、けして驚かせようとしている訳ではなく、宝石選びなどと事前通達すると、何となく逃げそうな気配がするからである。今までの経験上、こういったことは前もって知らせておくより、その場で伝えて決めさせた方がいい気がする。

「そもそも俺は、目上の方は基本こんな感じの喋《しゃべ》り方でして」

「まあ、確かに敬語ではあるが、別に私を敬っているからその喋り方というわけでもないだろうし」

「そ、そんなことないですよ！　その言い方だと何か語弊があります！」

そうは言うものの、若干目は泳いでいるが。

「それはそれでいいことだからかまわない。しかし、ギルドマスターなんかはマシューと年が変わらないが、普通に喋っていたような」

「ギルマスは何か違うというか……元々は目上なので俺だってちゃんと敬語で喋ってたんですよ？　でも事務仕事含め色々便利にこき使われたり何だりだし、そもそもこのお屋敷に勤めることになったのも、ギルマスに騙《だま》されたからですしね……あと、誰にでもあんな感じだから丁寧に接するのもアホらしい……」

「私をマスターだと思って試してみるか？」

「ダリウス様をあの熊みたいなおっさんだと思えと――!?　いや……無理です無理無理無理無理」

首がもげるのではという勢いで左右に揺れる頭を軽く押さえる。擬態か幻覚の魔法でも試すかという意味だったのだが。この様子だと、どのみち無理そうではある。

「ところでギルドで事務などをしていたのなら、事務職として勤めるという選択肢はなかったのか？」

「ギルドの事務はですね、マスターはじめ何人かは正職員なんですけど、基本的に怪我《けが》で引退したりした人用の採用枠なんですよ」

「む……」

「それに金銭や貴重品を扱うことが多くて、その記録や保全なんかに特殊な魔道具を使うから、それなりに魔力の高い人じゃないと」

「そういうことか」

確かにそれなら各種ギルドは無理だ。たとえ魔道具で補っていたとしても、ロバートの魔力はかなり少ない。

しかしロバートはサンセト孤児院でしっかり学んでいるし、文官の推薦も受けられる程の能力がある。騎士団や文官や各種ギルドが無理だったとしても、ほかの事務職なども受けられたのではという疑問は残る。使用人として勤めていた時のことを考えても、使えない魔道具はあれど贔屓目《ひいきめ》抜きで器用で仕事は早く優秀だったと思うのだが。

「トワイニアはバース性での採用関係の決まり事がきっちりしています。それが俺にとっては一番のネックだったんですけど、バース性が問題なくても魔力がネックになるんですよ。何もないよりは当然マシですけど、ペンダントの魔力ってすごく少なかったから。案外国の機関の方が人も仕事も多い分、魔力の大小は採用でそこまで重視されていなかったので、魔力が少なくても採用される可能性が高かった。だからそこが全滅の時点で俺は割と詰み気味でしたね」

そんなことを考えていると、察したらしいロバートが答えをくれた。それに加えて事務職というものはベータも含めると女性が就きやすい仕事でもあるから、若い男の心証はよくはないそうだ。そしてその他の業種、例えば採用の多い大規模な製造業などは魔道具を使っての作業が多いので、それが使えないと雇ってもらえないのだという。

「小さなところだと、これまたバースがネックになるんですよね。だから就職決まらない頃はバース性がはっきりするか、せめて魔力があればなー！　ってないものねだりしてました」

トワイニアは栄えている分魔道具で効率化されている仕事も多く、オメガでも活躍できるように土台が整えられている。それはいいことではあるのだが、ロバートのような特殊事情を抱えた人間の行き場がない。

「俺が特殊例すぎるだけで、全体としてはいいことなんでしょう。そんなに全部が全部上手《うま》くはいかないですよ」

「お前は達観しているな……」

「でもこれは、俺が何とか上手く生きてこられて、ダリウス様やシグと一緒だから言える話です。自分が上手くいってなければ決して言えることではないし、他人《ひと》には絶対言えません。俺は境遇の割にはかなり恵まれているので」

「そうだとしても、努力や苦労があるからこそと思うが。しかし、何でも魔法や魔道具頼りというのはあまりよい事ではないな」

自分の場合、大抵のことは魔法で解決するので魔道具はほとんど使わない。努力家で働き者だと分かるロバートの手にそっと触れながら考える。

正直アルファ性や高い魔力と魔法などの能力がなければ、ロバートの方が私より総合的に優秀な気がするのに、そういった者がこんなにも生きづらいというのは如何《いかが》なものだろうか。

「……バース性が、人が一度滅びそうになって現れた性だというのと同じように、魔力や魔法もまた、魔物が現れた際に人が自らを守るために発露した能力だと言われている」

「……なんか聞いたことあるような……でもそれ、神話とかの話ですよね？」

「神話や伝承は何らかの真実を隠している事が多いから、あながち間違いではないと思うぞ」

実際、現在はトワイニアに限らず、この世の中には魔道具が生活に深く根付いているが、大昔は真《ま》名《な》や言霊《ことだま》で魔法効果を得る方法が主流であった。それが主流でなくなったのは、効率を求めた結果や技術の発展もあるが、実際はその方法で魔法効果を得られるほどの魔力を人が持たなくなったからという側面もある。真名や言霊といった手段は、今は祝福や宣誓、一部の詠唱にその名残を残すのみ。主流が変わったお陰で魔法が使えない者も魔法効果を得やすくなった。アルファ性が多いという優位性に加え、様々な魔道具が研究開発されて発展した事が、トワイニアを大国たらしめた要因のひとつである。

しかし――バース性も魔力も、人が種の存続のために得た能力であることから、必要がなくなれば失われるものというのは研究者としての一面を持つイライザの唱える説だ。いずれ魔力が人からなくなってしまえば、魔道具は当然使えなくなってしまう。そうなればトワイニアはどうなってしまうのか。

今までそんなことは気にしてこなかったのだが。

「……？」

私は何も言わずにロバートの頬に触れた。少しだけ不思議そうな顔をしたロバートだったが、すぐに心得たように緩く笑って顔を寄せる。そのまま柔らかい猫毛を形のよい頭にそって撫《な》でた。

「あっ、何か話が逸《そ》れちゃいましたが、喋り方や呼び方については何かすみません……」

「別に直して欲しいというわけではないから無理しなくていい。ただ、死ぬまでには一度くらい聞いてみたいとは思うが」

「えー……大袈裟《おおげさ》すぎません？」

大袈裟だろうか。暗に気にしなくていいという意味で言ったのだが。

「そんな死ぬまでなんて気長な上に縁起でもないこと言わなくても」

「ほう？　言わなくても？」

「…………だ、ダリウス、さま……」

「ふ、無理するな」

「うっ……ダリウス…………さ、ま」

「はは」

かっと顔を赤くしている様子を可愛らしく思いながら、頑張ったなと口づけをした。そのまま抱き寄せれば、吸い込む空気の全てがロバートの匂いを纏《まと》い始める。

「今日のところは眠ろう。また追々楽しみにしている」

「……う……はい、おやすみなさい」

このまま押し倒したいのは山々だが、明日ロバートはシグリッドと共に、診療所が開く前にオリヴァ医師のところへ行く約束をしている。万一寝坊させてシグリッドを怒らせてもいけない。少し残念に思いながら粉石鹸《こなせっけん》のような優しい清潔感のある香りを堪能していると、すぐに腕の中から寝息が聞こえ始めた。体調に問題がなければ、ロバートはすぐに眠り、すぐに起きることができる。戦闘職には大事な能力である。

——この国の未来《さき》。

イライザはあのような性格だが、研究熱心でアルファ性や魔法、魔道具ありきのトワイニア国の今後を真剣に憂えている。それに引き換え、私は護国の騎士として目の前の危機を取り除きはしても、他者やこの国の今後を考えてはいなかった。

だが、ロバートを好きになり、番になり、色々なことを知った今は。

ロバート自身は私が生きる限りはもちろん、私が先に死んだとしても、魔力がないことや出自のことで煩わせたりはしない。元々誰とも番《つが》うつもりも子を作るつもりもなかったから、出来る出来ないはどちらでもかまわないが、もし今後出来た子がロバートのように魔力がなくても同様だ。ロバートもシグリッドを身籠《みご》もった時にその覚悟はしていたと言っていたし、私もいるから困らせたりはしないだろう。

しかし、それがもっと後の世代になればどうだろうか。

そして生きる場所やそもそもの前提、土台が揺らいだり変わってしまえば。

国防という仕事の繁閑は読めないが、私の出番はしばらく少ないと思われる。その間に騎士団の実力の底上げに、魔道具を魔力に寄らない道具として発展させる下地作り――国の仕組みや土台を変えたいとまでは言わないが、自分にできることをやってみようか。

イライザの意見に乗っかる形なのは少し情けないが、知識などでは到底敵《かな》わない。とりあえず話を聞いてみるとして、仔細《しさい》は明日以降だ。今まで政《まつりごと》に関わる部分に興味はなく、そちらを引き受けてくれていた兄と話してみるのもいいかもしれない。

「ん、んん……」

いい加減寝るかと少しだけ体勢を変えようとすると、ロバートが何やらもごもごと口を動かしている。

「すまん、起こしてしまったか」

「…………………だよ」

「ん？」

「……だろ？　で、す……」

耳を澄ましても何を言っているかは分からない。しかし語尾だけを聞くに、夢の中で砕けた話し方の練習でもしているかのようだ。思い切り眉《まゆ》を寄せて、一見すれば悪夢にうなされているかのような何とも言えない苦り切った表情をしているのだが。

眉間《みけん》の皺《しわ》をそっと伸ばしていると、ロバートが私の名を呼びながら、シーツや枕を抱え込んでぐりぐり顔を埋めている。オメガがすると聞く巣作りはまだ上手くできないロバートだが、こういう動作は時折見せるようになった。

巣を作るのはオメガだが、安心して巣を作るための様々な土台を作るのは、アルファの役目としたものだ。いつかバース性や魔力がなくなったとしても、それはきっと護りの礎となるだろう。

「……うぅ……だりうす……さ、……………だり、うす……」

「む」

これは寝言が途切れたのか、それとも。

続きはないのだろうかと眺めていたが、表情が少しずつ解《ほぐ》れて柔らかくなり、ロバートは枕やシーツを抱えたまま再び寝息を立て始めた。

「……ふ、ちゃんと呼べたのか？　いつか気負いなく呼べるようになるといいな」

取《と》り敢《あ》えず、どちらの話も明日聞いてみよう。そんな風に思いながら私もロバートをそっと抱え込み、眠りにつくのだった。

番外編　太陽のかけら

「私は〝オリヴァ〟と申します」

「出来損ないのオメガが医者の真似事《まねごと》か。×××」

「再度申し上げますが、私の名前は〝オリヴァ〟です。お間違いになられている僕に似ているという人間は亡くなられたのでしょう？　他の患者もおりますし迷惑です。お帰りください」

その子の名前を軽々しく呼ぶな。

僕は目の前の、父だと名乗る男を冷ややかな目で一瞥《いちべつ》し、ため息をついていた。


僕がいた家はそれなりに由緒ある名家と言われていた。しかし時代の変化に上手《うま》くついていけず、あまり裕福とは言えない家。そんな家の三男として僕は生まれた。

年の離れた兄たちはそこそこの魔力を持ったアルファで、もう男は望まれていなかった。当主だった父は、魔力も少なく女でもない僕が生まれたことに落胆し「せめてオメガだったらいいが……」と言っていたのは覚えている。母は産後に体を壊して幼いうちに亡くなったが、病気でほとんど面会もさせて貰《もら》っていなかったから、正直あまり覚えていない。僕は父や兄たちに似ていないから、きっと母に似てるんだろうなくらいの認識だ。

父には疎《うと》まれていたが、兄たちとの関係はよくもないが悪くもなかったと思う。とは言っても幼い頃の僕は、体が弱くて部屋にいることがほとんど。そしてしょっちゅうお医者様の世話になっていた。

「こんにちは」

「×××、こんにちは」

×××って誰だろう？　僕が思わず周りを確認すると、お医者様は眉《まゆ》を寄せた。

「どうしたんだい？」

「……あ、そうか。×××ってぼくのなまえだ」

名前を呼ばれたのは久し振りだったからすっかり忘れていた。

「誰も名前を呼ばないのか……？」

「母さまはよんでくれていましたが、ほかのかぞくは〝おまえ〟ってよびます。ほかのみんなは〝ぼっちゃま〟とか……ごめんなさい、でも思いだしたからだいじょうぶです。よろしくおねがいします」

「……ああ。×××よろしくね」

師匠は僕の家へ訪問診療をしてくれているお医者様で、バース性に絡む不調などに強く、研究者としての一面を持っていた。昔からずっと母を診《み》てくれていたそうで、少し体の弱かった僕の診察や定期検診などもしてくれていた。白金の髪に新緑のような色の美しい瞳《ひとみ》をした、アルファにしては柔和なその見た目のとおり、優しいお医者様だった。

「先生の目はぼくの目とちがって、夏のはじめの森みたいでとてもきれいです」

僕は初めて師匠に会った時、同じ緑の瞳なのに僕の緑とは全然違うなと思った。あまり人と長い時間話すことのなかった僕は、診察の間ずっと喋《しゃべ》っていたから今思えば結構鬱陶《うっとう》しかったんじゃないだろうか。

「×××の目も橄欖石《ペリドット》のようで綺麗《きれい》だよ」

「ペリドット？」

「君の目の色と同じ、橄欖色《オリーブグリーン》の綺麗な宝石のことだよ」

ただでさえ番《つがい》の死の要因となった僕は父から疎まれていたが、綺麗な翠目《みどり》だった母とも違うこの緑色の目は特に嫌われていた。だからそんな風に素敵なものに喩《たと》えて貰ったのなんて初めてだった。愛情や優しい言葉を貰うことがなかった僕は、素敵な言葉で誉めて貰って、とても嬉《うれ》しかった。

当時は恋愛的な意味ではなかったけど、この時から僕は師匠のことが大好きで、勉強のために本を読んでいる時間と師匠と会う時間が、幼い頃の数少ない楽しみだった。

「僕は家を継ぐことはないし、魔力も少ないし、身体《からだ》もあんまり丈夫じゃないので……頑張って知識を身につけて、先生のようなお医者様になりたいです。お医者様になるつもりで一生懸命勉強していたら、駄目だった時も文官くらいにはなれると思いますし」

「確かにその通りだ。×××は賢いからきっとなれるよ。もし、もう少し大きくなってもその志が変わらないのなら私の弟子になるかい？」

「……いいんですか？」

「ああ、一生懸命勉強してたらな」

「……あとでやっぱり駄目って言っても駄目ですよ！」

「はは、約束するよ」

そう約束してくれた師匠は、次の診察の時に医術や薬学の入門書などを持ってきてくれて、僕はそれを擦り切れるまで読んで頭に叩《たた》き込《こ》んだ。年を重ねるごとに少しずつ身体が丈夫になり、師匠に会う機会は減っていったが、師匠は来るたびに僕の話に付き合ってくれて、新しい書物をくれた。

時々父に嫌みは言われるものの、基本的に僕は空気のような扱いで、教育は一応施されていたがそれ以外は放置だ。邪魔する人もいなくて粛々と勉学に励むことができていたから、今思えばそれはそれでよかった気がする。空気のように扱われていたため、食事を忘れられたりなどということもありはしたけれど、特に何事もなく日々は過ぎていった。

それが変わったのは、バース検査でオメガだと判明した十二歳の時だった。自分は恐らくベータだけれど、オメガの可能性もあるかなとは思っていたので、結果自体にそれほど驚きはなかった。ただ一つ、オメガであれば家の駒として使われるから、きっと自分は医者にも文官にもなれない。それだけが残念だった。

そう覚悟したけれど。

一年経《た》っても二年経っても、僕にオメガの特徴が強く現れることはなく……父に呼ばれた師匠が再検査を行ったところで、僕はオメガとして不完全だということが分かった。

「確かに×××はオメガではありますが……オメガとしての機能はあまり強くありません。成長とともに解消されていくものかどうかはまだ分かりませんが」

再検査後、師匠は父にそう説明して、心身ともに健やかでいられるようにしてあげてくださいと言ってくれたのだが……。

その時を境に、父の行動が悪い方に変わった。

父は何処《どこ》から情報を仕入れてきたのか、ショック療法的なことを僕に行った。

精通はもう既にしていたから、次は性行為だと言って見繕った相手に僕を試させた。

でもそういったことをされても、結局何も変化はなかった。オメガとして機能が不十分な僕はあまり匂いもなく、発情もしない。並みよりは恐らくいいが、そこまでの外見ではない上に普通のオメガのように乱れもしない僕は、ベータの男を抱いているのと大して変わらない。早々に飽きられた上に一般的なオメガより比較的男っぽく成長し始め、価値は目減りしていく。

そして元々弱かった体が再び弱くなり、寝込むことも多くなって、段々と目も見えなくなっていった。

「バース性が判明するまではと思っていたが役立たずを置いておくわけにはいかない、これ以上成長しないうちに、病気にならないうちに……」

そう話す父と上の兄の声は朦朧《もうろう》とした意識でも聞こえていた。ああ、近いうちに僕は二束三文で売り払われて、遠からず死ぬ。そう思っていた。

その売り払われるという予想は当たっていたのだが、一つ予想外だったのは僕の買い手だった。

「誰……？」

「……まさか……目が見えていないのか……!?　こんなことになっていたなんて……もっと早くに気付くべきだった。すまない……」

そう後悔に滲《にじ》んだ声色で、僕をそっと抱き締めてくれたのは師匠だった。

ああ、死ぬ前に夢でも会えてよかったと思って眠り、目を覚ましたら――僕は師匠の家にいた。

何と現実だったようだ。

その日から僕は、〝オリヴァ〟という医者見習いになった。

見えていなかった目は単に視力が落ちていただけで、師匠が眼鏡《めがね》を買ってくれて事なきを得た。

引き取られてから知ったのだが、師匠は傍流ではあるが、王家の血が入っているアルファであるにもかかわらず、バース性で苦労する人を少しでも救えたらという一心で活動している凄《すご》い人だった。

師匠は僕に、医術やバース性のことに関してを叩き込んでいってくれた。

弱っていた僕の身体は師匠に引き取られた後、みるみるうちに回復した。最初はきっとそれなりのお金を払って引き取ってくれたのに、このまま何も返せず死んでしまうかもしれないと申し訳なく思っていたが、これなら弟子のうちも多少はオメガとして役に立てるかもしれない。そう思ったけど、師匠は決して僕をそういう風に使ったりはしなかった。

成人してもそれは変わらなくて、それを残念に思い始めたのと、〝見習い〟が取れ、僕が駆け出しの医者となったのは同時期だった。僕はずっと師匠のことが好きだったが、師匠は僕が負い目からそういうことで返そうとしていると思っている節があった。だからそうではないんだと証明するために一人前の医者になったら師匠に好きだと言おう、そう思っていた。

ロバートと顔を合わせたのもこの頃だ。

師匠が嘱託医をしているサンセト孤児院に、魔力のない子どもがいるんだとは聞いていた。魔力なしなんて物凄《ものすご》く大変だなと思ったら、魔力を溜《た》める魔道具のお陰で何とか上手くやっていたし、何より前向きで努力家ないい子で――実を言うと僕は、最初ロバートのことが、少しだけ羨《うらや》ましかった。

何にも持っていないのは当然大変だし、相当な苦労が常に付き纏《まと》う。でも僕は、中途半端にある方が心はずっと苦しいと思った。それなら最初からない方がまだ生きやすいんじゃないかって。それが浅はかな考えなのは分かってはいたんだけど。

ロバートと顔を合わせた後、年も近いし君が主でロバートを診てやってくれと師匠に言われ、僕は頷《うなず》いた。

「ロバートはあんな境遇なのに、前向きで努力家でいい子ですね」

「オリヴァもそうだよ。前向きで努力家でいい子だよ」

「もういい子という年でもないんですが」

そう言って僕の頭をくしゃりと撫《な》でる師匠に、僕は嬉しいのと照れ臭いのでちょっとぶっきらぼうに返してしまう。見透かされているのだろう。師匠はひとしきり笑ったあと、ぽつりと呟《つぶや》いた。

「〝太陽の石〟」

「?」

「ペリドットの別名で、闇でも輝きを落とさない石だからそう呼ばれるらしい。あんなところでも腐らずに一生懸命勉強して、現役の医者にも負けない知識を成人前に身につけていた。ペリドットと同じ目の色にもぴったりだと思って、君をオリヴァと呼ぼうと思ったんだ。そして僕が思っていた通り、あっという間に医術を身につけてもうすっかり一人前の医者だ」

一人前だと言って貰えた。近いうちに好きだと言えるかもしれない。そう、思っていたのに。

数日後、師匠に告白した僕は、もっと衝撃の告白を受けることになる。

「……今、何て。嘘《うそ》、ですよね……？」

「嘘ではない。私は不治の病に罹《かか》っていて、もう長くないんだ」

だから気持ちは嬉しいが、応えることはできないと。

「この際僕の気持ちは気にしなくていいです！　長くないって……一体、いつから！」

「兆候は前々からあったんだが、はっきり分かったのはつい最近で……いつ言おうか悩んでいたんだ。好きだと言われてしまっては早々に伝えなければと思って。なかなか言うことができなくて、すまない」

「師匠……それでも僕は、師匠が好きです。だから――」

「ありがとう……嬉しい。でも私はオリヴァの気持ちに応えることはできない」

師匠は言葉とは裏腹に、僕が泣き止《や》むまでずっと抱き締めてくれていた。

そしてそれから師匠は段々と弱り始めた。

僕はどうしても信じたくなくて、文献や症例をたくさん調べた。しかし師匠が患《わずら》っていたのは内腑《ないぞう》の病で、医術でも回復魔法でも治らない類いのものだった。

僕は兄であり父であり師である愛する人を失いたくないと必死だった。でもどうしようもなくて、お別れの時はあっという間に来てしまった。

番にして欲しいと泣く僕を、泣くなと宥《なだ》めながら、もっと近くで顔を見せてという師匠の言うとおり顔を近付けると、相変わらず綺麗な新緑の瞳でじっと僕を見つめて微笑《ほほえ》んだ。

「番にはしない。だけど……×××だった君は、私が貰《もら》っていく。だからオリヴァ、君はどうか」

幸せに、と言ってくれた口づけが師匠の最期だった。

「……勝手だ。何で、僕《オリヴァ》も連れて行ってくれなかったんですか……」

先生が亡くなってからのことは、正直あまり憶えていない。周りの人から立派に見送ってたよと言われるけど、穏やかな気持ちで見送ってなんかいなかったというのだけは分かる。

先生は僕にたくさんのものを残してくれた。

王都の診療所、フィライトという港湾都市の診療所、たくさんの医療用の魔道具に金銭……。いつの間にされていたのか分からないが、僕は先生の養子になっていて、少なくない財産は全て僕のものとなった。

けど、こんなにたくさんのものを貰ったって先生がいない。もう、先生はいないんだ。

今までの僕は先生が連れていった。ならこれからの僕は残りかすだ。師匠の遺志を継いで、これから長い長い余生をここで患者を診ていく。ただそれだけだった。


「さすがに就職できないとは思わなかったです……魔力がないのは一生の話で最初から分かってたけど、まさかバース性まで分からなくてそれが障害《ネック》になるとか……」

大先生が亡くなられてまだそんな経ってなくて大変なところなのにすみません……と机に突っ伏し

ながらロバートが愚痴っている。

僕が突っ伏している少し斜め前に温かいお茶と焼菓子を置くと、のそりと顔を上げた。

「大丈夫だよ。君の場合、全てを他の人に相談したりするわけにはいかないからね。少しでもスッキリするならどんどん吐き出しなよ」

いただきますとお茶を飲むロバートは、珍しく小難しい顔をして随分と悩んでいる。

「取《と》り敢《あ》えず行きずりでもいいから誰かとしてみるか？　いや……さすがにやだな。そもそも俺の容姿でホイホイ乗ってくるわけないし……お金払ってプロに……かぁ」

リスのようにクッキーをぽりぽりと齧《かじ》りながら、ロバートはうーうー呻《うめ》いている。確かにそういう行為がきっかけでバース性の特徴が出ることは多い。でも確実じゃない。僕はそれを経験済みだ。

「どうしても君がそうしたいと言うなら僕は止めないけど……でも少しでも嫌だなと思うのなら、絶対しちゃ駄目だよ」

「うー……んー……うん。やだ。嫌……ですね。ありがとうございます。ごめんなさい、ちょっと自《や》棄《け》になってました」

「ん、頑張ってるのは知ってるから頑張れとは言わない。でも話はいつでも聞くから」

「あぁ……優しさがしみる〜……」

そう言って緩く笑ったロバートが、いつもの調子に戻って僕はホッとした。〝この頃は少しくさくさしてた〟ロバートは、それでもしっかり前を向いていて、僕はその姿に随分と慰められた。師匠の診療所を再開し、知り合いの医者や患者にも慰められたり助けられたりしながら、何とか師匠を喪《うしな》った悲しみとともにようやく前へ進みだしたのだが……その時大問題が起こったのだった。

「師匠が死んだ途端これか……！」

思わず机を叩《たた》いてしまい、机上にあったペンが転がり落ちる。それを僕は苛々《いらいら》しながら拾い上げた。

僕を売り飛ばした家は、自分たちが捨てた出来損ないのオメガが、医者なんてアルファが就くような職で活躍しているのをよしとしなかった。そのくせあまり裕福ではないから、遠回しに金を無心してくるとか……名家が聞いて呆《あき》れる。

お金は別に渡そうと思えば渡せるのだけど、僕が引き継いだお金は師匠が働いて稼ぎ、僕のために遺《のこ》してくれたものだ。

施設に寄付とかならともかく元実家に渡すだなんて理由がないし、僕の心情的にも絶対嫌だ。そして一度渡してしまえばだらだらと金蔓《かねづる》にされることも目に見えているので、きっぱりとお断りしたのだが――。

ただ、僕の元実家は腐っていてもそれなりの家なだけあって、それなりに影響力があった。商会に圧力を掛けられて薬や道具を売って貰えなくなり始めていたし、診療所周りを変な人間というか破落戸《ごろつき》がうろついて、連れて行かれそうになったことや暗がりに引っ張り込まれそうになったことも一度や二度ではない。

師匠は僕に護身用の魔道具をいくつも持たせてくれていて、師匠が生きてる間に出番がなかったそれらは、今は大活躍している。薬や道具は知り合いの医者を通じて購入できているから大丈夫ではあるんだけど、問題は破落戸の方だ。裏にいる相手がそれなりの家ということもあって、騎士団もあまり当てになるとも思えないし、柔軟に対応してはくれない。

今は僕だけが標的でも、上手《うま》くいかなければ、いずれ焦《じ》れた相手はきっと患者に危害を加え出す。そうなったら僕は結局相手の言うなりになるしかない。

「だからフィライトなのか……?」

何でフィライトみたいな離れたところにも診療所があるのだろうと相続の際に思ったが、もしかしたら師匠はこのことを見越していたのかもしれない。さすがにフィライトのような辺境なら元実家の手も及ばないだろう。

僕は王都で医者を続けることを諦《あきら》め、診療所を畳んで逃げることに決めた。

でも、悔しい。

何で僕が尻尾《しっぽ》を巻いて逃げないといけないんだ。

患者を中途半端に放り出して行くのは本当に辛《つら》い。それでも巻き込んでしまうよりマシだ。僕は詳しい理由を言うことはできなかったが、患者一人一人に頭を下げて師匠の知り合いの医者に紹介状を書いて引き継いでいった。

ただ……ロバートだけは引き継ぎに慎重にならざるを得ない。師匠の知り合いを信用していないわけではないが、本人の意向が大事だ。就職も叶《かな》わなかったし、僕は案の一つとして、一緒に行くかと聞いてみたが、ロバートは首を横に振った。

「先生、俺自分でどうにかします」

「ロバート……」

「先生はいつも人のことばかりだから、たまには自分のことだけを考えてもいいんじゃないですかね。よく分かんないけど、なるべく早くここから出なきゃいけないんですよね？」

「……ロバート、何かあったらいつでも訪ねておいで」

「はい。ありがとうございます。今まで大変お世話になりました……先生もどうか、お元気で」

僕は向こうでの生活基盤が整い、ロバートが王都で就職が上手くいかないようなら、僕のところへおいでとまた誘ってみようかなと思いながらフィライトへと移り、医療ギルドに移転登録を済ませた。

ただでさえ新参者な上に、新しい診療所は人が多く住む中心部からは離れているので多分患者は来ない。

はてさて、どうしたものかなと思っていると、医療ギルドを通じてフィライトで一番大きな病院から声がかかった。師匠は何かあったら僕のことを助けてやって欲しいと、フィライトの知り合いの医者に頼んでいてくれていたそうだ。

声をかけてくれた病院から訪問診療の仕事を貰ったことと、それをきっかけに診療所に直接来る患者さんもちらほら増えたことで、何とか貯金を取り崩さずに生計を立てることができていた。まあそれがなくても、師匠は恐ろしい金額の貯金を残してくれていたので問題はなかったと思う。

そうして僕の生活がフィライトに根差し始めた頃、王都の診療所で診《み》ていた患者からの近況の手紙が来るようになった。殆《ほとん》どの患者は大丈夫そうだったけど、ロバートだけは傭兵《ようへい》稼業で何とか食べていってる状態のようだったので正直心配していた。

でも〝大きなお屋敷に使用人として勤めることになりました〟という手紙を最後にロバートからも手紙が来なくなった。

きっと上手くやれているんだろう。

王都で診ていた他の患者からの音沙汰《おとさた》も、季節の時候の挨拶《あいさつ》程度となり、本格的に僕は余生に入っていくことになっていったのだった。


……と思ったんだけど。

久し振りに来たロバートからの手紙で僕の人生はまた大きく変わり始めることとなる。

一年以上連絡もないから、就職したお屋敷で上手くやっているのかと思ったら……妊娠してオメガだって分かりましたって。一体全体どういうことなんだ。説明を聞いても何でそんなことになるのか本当に意味が分からない。僕は目の前でもごもご言っているロバートを見て思わず眼鏡《めがね》を押さえた。

何だろう、この……。

ロバートを取り巻く色々って、本来ものすごく辛くて暗くて大変なはずなのに、何かいまいち深刻な感じがしないのは。しかも身重で駅馬車で一月《ひとつき》以上旅するとか……本当にもう……言いたいことが色々ありすぎて逆に何も言えない。とりあえず無理や無茶をしないよう見張る意味でもここに住んで貰おう。どうせ部屋は余っている。

そして相手のことは意地でも言わないときた。お金を貰ってたからって言うけど、聞く限りロバートが喜ぶからあげてるだけで、まめまめしく世話をしたり食事を摂らせたり後孔が変形するまで行為をしたりとか……相手はロバートのことを番《つがい》と見ているんじゃないだろうか。それなら消えた相手をきっと探している。だから何とか聞き取って場合によっては連絡してみようと思ったんだけど、頑として言わない。相手は一体誰なんだ?

産み月間近になって、ようやく口にしたことでさえ、「何かあったら連絡して欲しいところは遺してある」だけで。

僕はもう、聞き出すことを諦めた。こうなったら何としてでも無事生ませるだけだと腹を括《くく》ったのだ。

そしてとうとうその日はやってくる。

朝に陣痛が始まり、その間隔の進み自体は順調だった。でもお腹《なか》の子は前回の診察までちゃんと頭を下にしていたはずなのに、いつの間にか逆子になっていてなかなか出て来てくれない。いくらロバートが鍛えていて体力があるといっても、もう相当な時間、動きが停滞している。腹を切った方がいいかと悩んだが、産婆はこのまま行こうと言う。僕よりずっと経験豊富な先輩の言うことだ。切らなくていいならその方がいい。だから二人とも……もうしばらく頑張って、と声を掛けているうちにやっと赤子が出てきて僕はホッとした。けどそれは束の間のことで。

泣いてくれない。息をしていない。

傍目《はため》から見れば僕は赤子を包む膜を破り、鼻や腔内《こうない》をてきぱきと確認して、詰まった羊水などを取

り除いていた。だけど内心は単なる詰まりが原因で泣かないのではないと薄々気付いていて、恐慌状《パニック》
態だった。

……どうしよう。どうしよう、死なせてしまったら。

師匠、お願いです。力を貸してください。

そんなことをしてもどうにもならないとは分かっていても、縋《すが》る気持ちは抑えられなかった。

「――君、は……」

「ロバート……？」

その時、ロバートがうわ言で何かを言い始めた。

僕は師匠の最期を思い出し、一気に不安に駆られてロバートに声を掛けようとして、止《や》めた。

ロバートが口にしていたそれは、途切れ途切れの拙《つたな》い祝福だった。

でも強い祈りだった。願いだった。

神父の言う正しいものではないが、我が子への贈り物……目一杯の祝福で、祈りだった。

オリヴァー――――どうか幸せに……

〝幸せであれ〟

その結びと同時に赤子が火が点《つ》いたように産声を上げる。

「せ、先生！　大丈夫かい!?」

「……すみません。大丈夫……。うん、大丈夫。ちょっと気が緩んじゃって」

「まだ色々あるからもうひと踏ん張りだよ！」

僕は気付けば泣いていた。

よかった、よかったねぇ！　と産婆にバシバシと背中を叩かれ、涙を拭《ぬぐ》った僕は、気を引き締め直して後処理をしていく。生まれた子は可愛い女の子で、さっきまで息すらしてなかったというのに今は元気いっぱい泣いている。生まれたばかりにもかかわらずかなり整った顔をしていて、少しくすんでいるものの、金髪に碧眼《へきがん》……。そして魔道具で身長体重や魔力を測ると……何この魔力。測定値いっぱいなんだけど。

ロバート、本当に君は一体何処《どこ》の上流階級を引《ひ》っ掛《か》けたんだい？　と僕は思わず小さく笑ってしまった。

「幸せ、か……」

今までつっかえていたものが押し出されるように。

まるで自分の方が生まれ直したように祝福されたような思いだった。

生まれた子はロバートが〝美しい勝利《シグリッド》〟と名付けた。やっぱり相手はそこそこの身分で騎士か……魔法使いかな……。

魔力のこともあるしそれはまた追々聞き出さなければならないだろうけど……とりあえず、今は。

「……どうか二人の歩む生が幸せでありますように」

そう、僕も祈ったのだった。

二年程は願い通り、父娘は穏やかな日々を過ごしていた。

だけど隣国との小競り合いは戦に発展し、このフィライトにも戦火が広がって来ていた。国全体で見ればほぼほぼ終わっている戦なのに、きちんと火消しができず、こちらまで火の粉が振りかかった形だ。

にわかに僕は忙しくなり、ロバートはギルドの非常時の召集規定により街の防衛に引っ張られていく。帰ってくる時間はどんどん目減りしていき、僕も仕事の合間に遊んだり勉強を見たりするのが精一杯で、シグリッドには寂しい思いをさせていた。それでも食事をおざなりにするとシグリッドはとても怒るので、忙しくても食事は一緒にするようにして夜は一緒に眠った。

「せんせい……おとうさんだいじょうぶかな」

「大丈夫だよ……でも、寂しいよね」

「さびしいけど、せんせいいるからさびしくない」

「ふふ、どっちなんだい」

「どっちも……でも、ほんとうはどっちもいっしょにいてほしい」

「……そうだね。それが一番だね」

ねえロバート。

僕はこんな小さな子に一人寝の寂しさを覚えて欲しくないし、お気に入りのリボンを解くことはしたくない。だから早く戦いが終わって君が早く帰ってきますようにと毎日祈っていた。

祈り虚《むな》しくロバートはどんどん帰って来なくなっていたが、防衛戦はある日突然、たった一人の手によって、あっさりと大勝利の形で終わることとなる。まさかその大勝利をもたらしたのが、戦いを前に訪ねてきたロバートの相手だとは予想だにもしていなかったんだけど。

そして——ロバートは無事お相手に見つかって番になり、娘のシグリッドとともに、幸せを手にして笑っている。

色々な悪条件を抱えていたロバートが何の憂いもなく番と子と笑い合う姿は時々眩《まぶ》しくて涙が出そうになる。師匠にも見て欲しかったと思うと同時に、羨《うらや》ましくも思う。

しかし一体何処の上流階級を引っ掛けたんだと思っていたけど、なんとまあ。騎士も魔法使いもある意味当たっていた。お相手の魔法騎士であるダリウス様は大物も大物だ。傭兵の功績だけでなくこっちでも大物食い《ジャイアントキリング》とは。

シグリッドは女の子だし、笑った顔がロバートに似ているから結びつかなかったけれど、確かに並んで見るとシグリッドはダリウス様によく似ている。正直何がどうなってそうなったのかは結局よく分からないままだけど、ロバートのために僕まで連れていこうなんて囲い込みの規模《スケール》が違う。

まあこの三年以上、ずっと一緒だったから離れるのは少し寂しいなと思っていたし、後ろ楯《うしろだて》になって貰《もら》えるなら断る理由は何もない。ダリウス様——ある意味ではロバートのお陰で、再び王都で診療所を開くことになった僕は、フィライトでお世話になった病院の院長に礼を言い、ロバートたちと共に王都へ戻ったのだった。

王都での診療所再開からもう一年以上が経《た》ったが、経営は概《おおむ》ね順調である。僕が王都へ戻った時、フィライトに逃げる際にオメガの患者を引き受けてくれた医者が年齢を理由に引退するということで、そこの患者をまるっと引き受け返す形となったからだ。

それに加えてヴァレイン家……当主のギルバート様とダリウス様の兄弟が番をオメガの医者に診させているということで何件か上流階級の患者も増えた。他の医師にとっては自分の患者を取られることになるから大丈夫なのだろうかと思ったけれど、元々医者はアルファが多く、現在オメガの医者は城に勤める侍医を除くと僕しかいないそう。だから需要はあるし、アルファの医者もできれば番をオメガの医者に診てもらいたいというアルファの気持ちは十二分に理解できるから、そこは問題ないという人ばかり。

ならばと僕はオメガであることを少しだけ前面に出した。他の医者との棲《す》み分《わ》けを図って、オメガの診療が得意な医者として活動し、それは上手くいっていたのだけれど。


「名前をお間違えです。私はオ、リ、ヴァ、と申します」

「出来損ないのオメガが医者の真似事《まねごと》か。×××」

あの家がまた僕に接触してきたのだ。

ただ前回と違うのは、僕の後ろにヴァレイン家がついていることや他にも有力な家のオメガを患者として抱えていることもあってか商会を巻き込んだ嫌がらせはできず、破落戸《ごろつき》なんかも来ない。まあ……あの時より困窮して雇うお金がないだけなのかもしれないけど。僕は目の前の男の頭の天辺《てっぺん》からつま先までを観て、そんな風に思った。

「再度申し上げますが、私の名前はオリヴァアです。お間違いになられている僕に似ているという人間は亡くなられたのでしょう？　迷惑です。お帰りください」

その子の名前を軽々しく呼ぶな。その子は師匠が一緒に連れていったんだ。

そう目の前の男に怒りを覚えると同時に、僕はこの男がその名を初めて口にするのを聞いた。一生口にしてくれなくてよかったのに。とにかく午後の診療が始まるからさっさと帰らせないと。

「あぁ……そういえば魔法騎士は美しい女性やオメガは苦手で、番もベータの男のような至極平凡な男だったな。あれよりはお前はずっとマシだが……上手くお眼鏡に適《かな》って誑《たぶら》かしたか」

そう言って伸ばしてきた手を払おうとしたその時、目の前から父と名乗る男が消える。一瞬何が起こったか分からず、壁に何かが激突する音で意識が戻った。

「先生に、さわるな……！」

見れば診療所の入り口にシグリッドが小さいながらも憤怒《ふんぬ》の表情で立っていた。確かに今日はロバートの定期検診だから一緒に来るだろうけど、何でシグリッド一人……!?

混乱している僕をよそに、シグリッドの魔力《チャクラム》が怒りに呼応し、渦巻く風が髪や服を靡《なび》かせている。そして風は、ひゅうひゅうと音を立てながら円月輪のような形を作っていく。

――不味《まず》い！

「シグっ！　それはやり過ぎだ！　先生は大丈夫だから風魔法を止めてくれ！　死なせてしまう！」

「シグ！　やめろっ！」

少し離れたところからロバートの声が聴こえるけど、距離がある。普段ならロバートが止められるだろうけど、現在彼は身重だ。僕が動くしかない。

父だと名乗る頭の可笑《おか》しいこの男が生きようが死のうがどうでもいいけど、こんな奴《やつ》のためにシグリッドの手を汚させてしまうのは絶対に嫌だ。

魔法が使えない僕はシグリッドを止めるため、側《そば》に駆け寄り思い切り抱き締めた。風が触れた腕や腿《もも》が裂け、勢いよく血が噴き出すが構いはしない。

「――せんせ……先生!?」

「シグ……僕のために怒ってくれてありがとう。でも僕はシグにこんなことで手を汚して欲しくはないんだ。だから風を止めてくれないかな？」

そう伝えるとシグリッドは風を止めてくれた。それにほっとした瞬間、裂けた場所に激痛が走り、僕は崩れ落ちるようにしゃがみこんでしまった。

シグリッドは泣きそうな顔で血に染まった白衣を纏《まと》う僕に何かを言おうとしたが、素早く僕を背に庇《かば》うように体勢を変え、毛を逆立てた猫のように小さく唸《うな》り始める。何事かと警戒していると、シグリッドが睨《にら》みつけるその場所にダリウス様が現れた。

「――シグ、私は先生に危害は加えない。だから先生から離れろ」

シグリッドは僕を庇《かば》ったまま動かない。ダリウス様だと気付いてないのか？

ダリウス様は加減はしているだろうが恐らく威圧をかけていたようで、どうやらそれに押し負けたシグリッドは少し理性が戻ったようだ。

「お前がそうしていると先生の怪我《けが》が治せない。先生の手はいろんな人を助ける手だということを知っているだろう。それをお前のせいで使えなくしてしまう気か」

「――だ、だめ――！　……」

ダリウス様の言葉に動揺したシグリッドに、いつの間にか回り込んでいたロバートが手刀を落とす。気を失ったシグリッドを見ることなく、ダリウス様は僕に駆け寄り詠唱を始めた。普段は無詠唱なので回復魔法はきっと苦手なのだろう。それでも魔力量で押しきっているのか、みるみるうちに傷は塞《ふさ》がっていった。

「応急手当はこれでいいだろう。教会か回復魔法が使える医者に早く診《み》てもらわないと……シグリッドのせいで怪我をさせてすまない」

「シグはそこで伸びている男が僕にちょっかい掛けてきたのを助けようとしたんです。だからあんまり叱らないであげてください」

「必要以上には叱らないが、それと私のいないところで魔法を使って暴走したことは別の話だからな。ところでそいつは……先生の元身内か」

「ええ。大変遺憾ながら」

そう溜《た》め息《いき》をついていると、ロバートが僕の元へ慌てて駆け寄ってくる。ああもう、走っちゃ駄目だよ。

「先生！　シグがすみません……！」

「動かなくなったりしたら困るけど、回復してもらったし大丈夫大丈夫。それよりロバートは安定期に入ったばかりなのにあんな危ないことをしちゃ駄目だ。ダリウス様を喚《よ》んだのなら、お任せして大人しくしてなさい」

「む……先に言われてしまった。ロバート、」「それより早く教会に行きますよっ！」

ちょっと叱られそうなのを誤魔化《ごまか》してるような気がしないでもないけど、治療をしなければならないのは違いないので、診療所に臨時休診の札を掛け、僕は大人しく二人に引っ張られていった。

教会で治療を受け、出血が多かったから休めとそのままヴァレイン家に引っ張られてきた僕は、一室を宛《あて》がわれて横になっていた。そこへシグリッドがやってきたんだけど、思い切り泣《な》き腫《は》らした目をしている。かなりこっぴどく叱られたみたいだ。

「先生、ごめんなさい……！」

「ダリウス様との約束を忘れて魔法を使ったのはよくなかった。ロバートはお腹《なか》に赤ちゃん――シグの弟か妹がいる。それを吃驚《びっくり》させたのもよくなかったね」

「はい……っ」

「でも、それは二人にいっぱい叱られてるだろうし、僕を助けてくれるためだったんだし……シグ、ありがとう」

そう言うと、シグリッドはみるみるうちに目に涙をためてぼたぼたと零《こぼ》し、ごめんなさいとわあわあ泣き始める。ああ、泣かせるつもりで言ったんじゃなかったのに。

僕はシグリッドの頭をそっと撫《な》で、ふわふわの猫毛を指で梳《す》いた。賢くて実年齢より上に見えるこの子も、泣き方だけは年相応だ。

「大丈夫大丈夫。ダリウス様にちゃんと回復して貰って教会でも治療して貰ったから元通りだよ。ほら」

そう言って目の前で手を握ったり開いたりすると、シグリッドはほっとした顔をした。だけどすぐに目を見開いたあと、くしゃりと顔を歪《ゆが》めて僕の腕に手を伸ばした。

「これ……っ」

あ、傷痕は残ってしまったんだった。でも痛くないし元通りちゃんと動くし大丈夫だよともう一度言ったけど、シグリッドは僕の腕にそっと手を置いて、泣きそうな顔でむぅっと黙り込んでしまった。

「……す」

「ん？」

「シグ、まほうをがんばってれんしゅうする。それで先生の手、なおすから。ぜったい、なおすから」

「……分かった。じゃあ先生はシグが治してくれるの待つね」

本当に気にしなくていいんだけどな。でもやる気になっているんだしそこに水を差すのもよくない。待つねと言うと、シグリッドは真剣な顔でこくりと頷《うなず》いた。

そんなこんなで色々あって疲れたシグリッドは早々に眠ってしまい、夕食は大人だけで摂っていた。

シグリッドもそうだけど、執事のマシューさんも含めてヴァレイン家は僕にやたら食べさせたがるけど僕はそんなに食べられない。

次々と入れられそうになるお代わりを止めるために、僕はダリウス様にシグはどうやらアルファのようですねと話を振った。十中八九そうだろうなとダリウス様も頷いている。

「だから……無意識ではあるが、先生のことを番《つがい》のように認識しているのかもしれない」

「えっ」

「いやいやまさか」

ダリウス様の発言に、ロバートが動揺して皿の上に切り分けた肉をぼとりと落とした。そりゃあびっくりするよね。ダリウス様は一体何を言い出すんだ。

「流石《さすが》にないでしょう。これは師匠の受け売りなんですけど、発情《ラット》を自発的に起こせる程の上位のアルファは、番を大切にするのは勿論《もちろん》、群れ《パック》を大切にする傾向がある。シグがアルファだとすれば、僕は群れ《パック》の一員として数えられているのではないでしょうか」

「……やっぱシグはアルファなんですか。けどいくら何でもバース性が分かるのが早すぎませんか？」

「確実に分かるのは当然検査する年頃以降の話だが、私も兄もかなり早い段階で威圧などアルファの特徴が出ていたらしいからな。兄の子のリーファスもそのようだし、シグも恐らくそうだろう」

「まあ、分かんないよりずっといいですけど……」

俺と差がありすぎるよと口を尖《とが》らせるロバートに僕は説明をする。

人も獣も魔物も、元々は神が作りたもうたひとつの生き物が派生したもの、元々を辿《たど》ればどれも同じ生き物だと言われている。バース性は人が滅びかけた際、種の保存のために一度捨てた獣性を取り戻して変異させたものだという説が有力で、そして人が十分過ぎるほどにいる今、バース性を持つ人間は緩やかに減少していっているというのは師匠の唱えていた説だ。

「身も蓋《ふた》もない言い方をすれば、上位のアルファやオメガほど獣に近いという訳だよ。それが発情《ラット》という能力や巣作りなどという行動に現れてくる。ロバートの場合はダリウス様が上位のアルファだから、そちらに引っ張られてそういう行動が現れているんだと思うよ」

「シグの行動が群れ《パック》由来の行動か番由来の行動かはまあ、あと十年もしないうちに分かるさ」

いや、ないない。いくつ離れてると思ってるんだ。親子もしくはそれ以上離れている。種の保存が目的の性なんだから、そんな年の離れた人間を番と認識することはない。

ところで、話は変わるがとダリウス様が僕の元実家について報告してくれる。シグリッドにやられたあの男はきっちりと治療を施されたあと元実家に引き渡され、近いうちに息子《むすこ》に当主の座を譲るそうだ。

「今回は過去に先生にしていたものと違って、大したことはしていないからな……まあでも今回のことで先生に世話になっている奴はみんな怒っている。放っておいても報いは受けるだろう」

「僕や患者にさえ関わってこなければ、正直どうでもいいです」

「ではそのように皆には伝えておく。……特にバース性の詳しい議論ができると喜んでいた魔法師団長《イライザ》が怒り心頭だったからな」

あの家がどうなろうとどうでもいいけど、何かちょっと虎の威を借る狐《きつね》みたいで嫌だな。でも因果応報というか、報いは受けるべきだとは思うから後はお任せしようと僕は思った。

怪我が治った次の日も、僕はヴァレイン家の面々の押しに負け、屋敷でお世話になっていた。天気もいいので外でお茶をしようということになって、ある程度食べたり飲んだりした後、投擲《とうてき》練習をしているシグリッドとロバートを見ながらあることを吐き出していた。

「……師匠は自発的な発情《ラット》を起こせる程のアルファだったはずだし、ダリウス様がロバートに試した発情の誘発は、きっとオメガ性の発露の可能性の一つとして分かっていたはず。どうして試してくれなかったんだろう」

「それは、わざとしなかったんだろう」

「わざと？」

ダリウス様は頷いた。

「発情《ラット》の場合……恐らく途中でなんて止められないし、番にするつもりがないならかなり危険だ。先生の師匠は自分があとどれくらい生きられるか何となく分かっていた。それがかなり短いから先生を番にはしなかった。ただそれだけのように思う。番解消も死別もオメガの方が圧倒的に不利な影響が大きいから、本当は番にしたかったがしなかっただけで、病気でももう少し長く生きられたならきっと先生は番にされていたと私は思うぞ。アルファは基本的に自分本位で身勝手だからな」

「確かに、身勝手ですね……」

僕だけ連れて逝って、僕《オリヴァ》は幸せになれだなんて。

解けないおまじないをかけられて。

今は祈りだったと分かるけれども、当時は仲間外れにされて置いていかれんじゃないか、と割と本気で思っていた。

「置いていかれたって発情期もないオメガだから誰かと番う訳でもないですし」

「いや？　もしかしたらロバートが私に捕まったように、私のようなアルファに突然捕まるかもしれない」

「そういうのは、全く望んではいないんですけど……まぁ……」

僕は一旦《いったん》言葉を区切り、視線を前に向ける。

その先では投擲練習を止《や》め、ロバートのお腹に手を当てたシグリッドが「うごかない……」としょんぼりした後、ぱっと顔を上げて「もうちょっとしたらおなか大きくなる？」と首を傾《かし》げている。産み月がまだ先の今の段階では触っても多分分からないよ。あと君を生んだ時もロバートは殆《ほとん》どお腹は出てなかったかな。残念。

「幸せそうなヴァレイン家を見てるとそういうのも悪くはないと、思わなくもないですね」

ヴァレイン家もだけど、他のオメガ患者もつつがなく幸せに暮らしている人が増えた。僕が見習いになった頃よく見ていた、オメガであることに起因する不幸というのは少しずつではあるけれど確実に減少している。そして不幸があった人も前を向いて生きている。そしてそれは師匠がずっと願っていたことだ。

ねえ×××、師匠の側《そば》に君はいるよね？　僕の目を通じて、目の前の光景を師匠に伝えてくれないかな？

〝太陽の石〟だなんて大層な言葉で師匠が喩《たと》えてくれたこの瞳《ひとみ》を通じて。

そんな風に思いながら、目の前の微笑《ほほえ》ましい陽だまりのような光景を、僕はこの瞳に焼き付けるようにずっと見つめていた。

番外編　新しい家族

ダリウス様と番《つがい》になって結婚してから約二年半。

俺はロバート・ヴァレインになってから今までで一番の危機《ピンチ》というか、修羅場の真っ只中《まただなか》にいた。

「やだっ！　シグも手伝ういっしょにいる!!」

「駄目だってば……」

「ちゃんとお手伝いするし、だめならじゃまにならないようじっとしてるから」

「シグはまだ子どもだ。だから手伝うって言っても駄目。じっとしてるんなら家で待ってたって変わらないだろ？」

「違うもん！　何で？　だって父上だっておいしゃさんじゃないのにいっしょにいるんでしょ！　何でシグはだめなの!?　シグだってかぞくなのに!!」

そもそも何でそんなに出産に立ち会いたがるんだ。

ああ言えばこう言うで一歩も引かないシグに、俺は頭を抱えていた。確かに前々から立ち会いたいっぽいことを言ってはいたんだけど、軽く流していたら本気の本気だったらしく、臨月の今になって爆発した次第である。

「シグだってダリウス様だって俺の大事な家族だよ。でもさ、ダリウス様はさ……お腹《なか》の子の父親だからさ、またちょっと話が別っていうか……」

「シグだってお父さんのおなかのおとうとかいもうとのおねえさんだもん！」

「いやそれはそうなんだけどな？」

うぅぅ……ヤバイ。

かれこれ一時間ほどこんな感じのやり取りをしていて、もう反論のネタが尽きた感がある。

世の中のお父さんお母さんは子どもがこんなことを言い出したら、一体どうやって説得しているんだ。

「……二人とも一体何を騒いでいるんだい。マシューさんが慌てて僕を呼びに来たんだけど……」

「「先生！」」

心の中でさめざめ泣いていると、部屋の入り口には今日の午後から往診してくれる予定だった先生が呆《あき》れたような顔で立っていた。正直助かった。マシューさんありがとう。

先生は「なるほどねー」と触診しながら俺とシグの戦いの経緯を聞き取ってくれている。腹の子は今のところ逆子でもなく経過は良好だそうだ。

「あのねロバート、別に上の子を立ち会わせることは絶対駄目ってわけじゃないんだよ」

「えっ」

診察しながら先生が言った言葉にシグの顔がぱぁっ……！　と明るくなる。反対に俺は裏切られたとショックを受けた顔をしているに違いない。先生は何だかんだシグに甘いもんな……と俺は恨みがましく先生をじっとりと見つめた。

「でも、シグの立ち会いをよしとするかどうかというと、それはまた微妙だよね」

「えっ」

今度はシグが裏切られた！　という顔で先生の方をぎこちなく見る。

先生曰《いわ》く、理由はいろいろあるけどやっぱり出血したりするし、場合によってはお腹を切らなきゃならないこともある。そして親は産むのに必死だから、普段と違う苦しんでいたり、獣のような親を見て怯《おび》えたり泣いたりしてしまうことが多いんだそうだ。

「それにやっぱり上の子がいると親の方は気を遣ってしまうからね。泣かれてしまうと気が散ってしまうし、いきむ時に大声出したりすると驚かせてしまうからって、気にしたりしてしまう。産婆さんが言うには、上の子が立ち会うとどうしてもお産の時間は長引く傾向にあるそうだよ」

本人が強く希望していて、かつ注射や怪我《けが》でも取り乱さないくらいの精神力で、泣かないっていうのが立ち会う際の最低限の条件らしい。あとは個々の性格で判断とのことだけど、大体は二桁《ふたけた》以上の年齢の子で、シグみたいな年の子は許可したことはないそうだ。

「それと……シグの場合は魔法が使えることも加味しないと。僕のせいでもあるからちょっと心苦しいんだけど、暴走した前科があるからね。でもその辺りは何でもかんでも頭ごなしに駄目って言うんじゃなくて、きちんと三人で話し合った方がいいよ」

「わかった……父上とおはなしする。……ところで先生、お昼たべた？」

「……食べてないよ。何でいつもヴァレイン家はみんな僕の食事に口を出すの。マシューさんが二人と一緒に食べろって言うからありがたくいただこうとは思ってるけど」

「ならいい」

シグが神妙に頷《うなず》き、完全に標的が先生の食生活に移ったことで俺はやっと解放された。というか……違うな。これ戦いが延期されただけだ。まあでもダリウス様がいるのといないのでは全然違うだろうしと俺は少し胸を撫《な》でおろした。

——その日の夜。

「駄目だ」

「なんで⁉」

「私は回復魔法が使えるからな。もしもの時に対処ができる。シグは使えないだろう」

「むぅ……！」

なるほど……流石《さすが》ダリウス様！

俺は心の中で誉《ほ》め称《たた》えていた。自分が魔法が使えないから全然思いつかなかったけれどそういえばそうだ。シグは悔しそうに盛大にぶんむくれている。

「それより何より一番大事なのは子を生むロバートの意見だろう。何故《なぜ》シグの立ち会いが駄目なのかは聞いたのか？」

「——！　きいてない……」

「あ、それは……俺もシグが何でそんなに立ち会いたいのかって聞いてあげてないんでアレなんですけど……」

「ならお互い今聞けばいい」

「……父上も先生もお父さんが赤ちゃん生むときちかくにいるのに、シグだけなかまはずれみたいだし……それに……まってるだけはやっぱりちょっと、こわい」

「シグ……」

フィライトに住んでいた時、俺は招集されて一緒にいてやれない期間があった。その時シグなりに色々不安だったのを完全に取り除いてあげられてなかったんだ。

……駄目だな、俺。

「……赤ちゃんを生む時はさ、オリヴァ先生も言ってたとおり、痛いから大声で叫んだりするし、普段言わないような悪い言葉で喋《しゃべ》ったり血が出たりもするし、場合によってはお腹を切ったりするから、そういうのをあんまりシグに見て欲しくないなぁとお父さんは思ったんだ」

ごめんね、と謝るとシグはお腹に添えるように手を置きつつ、ぎゅっと抱き着いてきた。もう一度どうするかを考えてみよう。

「シグもごめんなさい」

「いいよ、お互い様だ。あとお父さんはなー……単純に産む時は下に何にも穿《は》いてなくてお尻《しり》丸出しだから、それを見られたくないのもある」

「それはシグもやだ」

しゅんとしていたシグリッドもクスクス笑いだして少し暗くなった空気が柔らかくなる。ダリウス様も笑ってシグリッドの頭を撫でた。

「……出産は長丁場になることも多いし、先生が立ち会いすることもあると言っているのならばその辺りの配慮と対策は可能なのでは。それを聞いてできるのなら立ち会い、駄目なら隣の部屋で待機、とかどうとでもなるだろう。次の診察もすぐだし、その時に確認してみよう」

「はい」

――そう話し合った翌日の明け方のこと。

い・た・い。

俺の動揺を感じ取ったのか隣のダリウス様もすぐに目を覚ました。

マジか。陣痛だ。

「……どうした」

「だ、だりうすさま……陣痛がきたっぽいです……」

「……!!　起きられるか」

「え、えと……いだ、だだだ！　いやいやいやもう痛い。めちゃくちゃ痛いです！」

歩くのは絶対無理な痛さだ。シグの時も死ぬほど痛かったが、それでも最初の方は「ん？　これ??　このじんわり痛いやつ???」って感じでまだ動く余裕があったのに、今回は全くない。いきなり痛み全開って感じで痛みの波も間隔が短い。

「先生のところに行くぞ！」

「シグもいく！」

何かを察したシグリッドが寝巻きのまま走ってついてきている。それを見たダリウス様は俺を横抱きにしてシグをおんぶして走り始める。

ねえ大丈夫⁉　それシグの支えがないけど落ちない⁉

俺はそう叫びたかったが、痛みと揺れで正直言葉にならない。

気にしている間もなく先生の診療所に到着すると、先生は寝巻きで珈琲《コーヒー》を飲みながらドライフルーツを食べていた。それは……シグがまた怒るよ先生……。

「陣痛？　まあもういつ生まれてもおかしくない頃ではあるけどまた急だね！　……ダリウス様、初めてのことだし心配なのは分かるんですが、せっかく転移魔法が使えるので、もし次があれば、先に僕に報《しら》せに来てからロバートを連れてきていただけると準備ができるので大変助かります」

「む……すまない」

寝巻きに白衣を羽織って手を消毒しながら先生がダリウス様にやんわり注意し、間隔は？　と聞く。

もうすでに五分を切っている感じだと俺は答えた。

「早いな……ダリウス様、申し訳ないんですけど、産婆さんを呼んできていただけないでしょうか」

「分かった」

ダリウス様は言葉少なに俺を降ろしてシグを降ろして転移していく。何か……ひっそりとめちゃくちゃテンパってる気がするけど大丈夫だろうか。

「先生」

「あれ⁉　シグいたの⁉」

「ダリウス様がおんぶしてたんですよ！　あぁぁ、シグをどうしよう……！」

「マシューさんにお願いするか、せめて一緒に来てもらえばよかったのに」

「ほんとだよ……あだだだ……いだだだ――――!」

「しかもまだ準備が不十分だ。でも進みが早すぎるな……。ロバートはとにかく横になろうか」

「先生、シグ、父上がさんばさんをつれてくるまでお手伝いする。お水なら出せるし、おゆとこおりもちょっとなら。父上にはちゃんとあとでおこられる」

「うーん……」

先生は少し考えてシグリッドに手を洗ってくるように指示をした。

「産婆さんが来たら、本当にすぐ生まれると思う。だから当初の予定と違って申し訳ないけど、それまでシグに雑用を手伝ってもらうよ」

「わ、分かりました……い、たたたた」

先生は衝立《ついたて》を動かして、シグからは見えないようにしてくれた。これなら大丈夫だと痛みに顔を歪《ゆが》めながらズボンや下穿きを脱いで分娩台《ぶんべんだい》に上がって寝転ぶと、シグからはちょうど胸から上だけが視《み》える様な形になる。それからはあれよあれよとお産は進み、もういつ出てきてもおかしくない状態になっていた。

相変わらずあの「ひっひっふー」の出番はほぼなくて、あの呼吸法の授業は本当に存在意義があるのだろうか。あぁ痛い痛い痛い。

「う――――!!」

「お父さん、がんばれ!」

先生の指示で手伝いをし、俺の汗や涙をタオルで拭《ぬぐ》い、水分を摂らせてくれるシグは凄《すご》い。天使じゃなかろうか。ああもう俺は情けないしシグリッドは思ってたより遥《はる》かにずっとしっかりしてて天使だしダリウス様は……やっぱりいないし帰って来ないし！　もぉぉぉ!!

「……お父さん、父上のことおこってる」

「怒ってるというか、どこの女性もオメガも赤ちゃんを産む前後はこんな感じだから大丈夫。ロバートは全然可愛い方だよ」

「かわいい？？？」

シグリッドは首を傾《かし》げてドン引きしている。心の中で叫んだつもりだったのに、口から飛び出てしまっていたみたいだ。

そうして何度目かのいきみの後、あっさり赤子は生まれ、ふえええふえええと元気な泣き声が聞こえた。へその緒を切って先生が手早く赤ちゃんを拭《ふ》いて俺とシグリッドの目の前に連れてきてくれた。

「赤ちゃん……」

「元気な男の子だ。シグの弟だよ」

「おとうと……!!」

「またすぐ測定するけどそれまでロバートの上に乗っけとくね。シグもちょっとくらいなら手とか触っても大丈夫だよ」

そう言われたシグが生まれた赤子を見て、ものすごくびくびくしながら手をつつく。すると赤子が開いていた手をきゅっと握った。

「すごい……っ！　すごいね……！　赤ちゃん……かわいいね……！　かっ、かわい……かわっ……!!」

　よかった――――っ!!　とシグが決壊した。

　わああ思い切り泣いていて、正直生まれた子よりずっとずっと泣いている。シグの時に比べたら陣痛は痛いし、早すぎるというのはあるものの、息つく間もなく生んだからか俺も結構元気だ。

「緊張の糸が切れたんだね……シグ、お疲れ様。お陰で助かったよ……。息をするのがしんどくなりそうだったらこの紙袋を口に当てて、すーはーしといてね」

　ぐったりとしつつも生まれた子を先生が連れていくと、ばたばたと産婆さんを肩に担いでダリウス様が駆け込んできた。産婆さんまでぐったりしてるけど大丈夫だろうか？　何かすみません……。

「また、間に合わなかったのか私は……」

　ロバートもシグもよく頑張ったなと言いながら、「複数人での転移を本格的に練習しておくべきだった。しくじった……」とダリウス様は本気で肩を落としてへこんでいる。ああなるほど。泣き止《や》んだシグがその落ち込みっぷりに少し引きながら慰め……いや、慰めたのは一瞬で今は早くお祈りしろと急《せ》かしている。

　シグ……祝福はそんな急がなくていいと思うから、ダリウス様をちゃんと慰めてあげてくれ。

「測定終わりましたよ。ダリウス様はこういう星の元に生まれているのかもしれませんね」

　止《とど》めを刺すようなことを言いながら、先生が連れてきてくれた赤子をダリウス様に渡し、ダリウス様は俺とシグリッド両方に見えるようしっかり抱っこし直す。

　赤子は薄い茶色の髪をしている。ほぼ閉じている隙間から見える瞳《ひとみ》の色は、ダリウス様やシグリッドと同じ空色だ。

「この子もシグと同じで魔力は測定値いっぱいです。また落ち着いたら魔法省や魔法師団とか専門の機関で測定してもらってくださいね」

「……分かった。先生ありがとう」

「ねえねえ！　お父さんとにてる！」

「えっどう見てもダリウス様とシグにてる！」

「父上とシグにもにてるよ。でもシグよりおとうとの方がお父さんににてる！」

そういうことならまあ確かに。髪も茶色いしダリウス様とシグリッドに比べると美形度は若干マイルドな感じではあるな。

観察していると横で赤子の手をつっつくシグの指を、赤子がきゅっと握り返していた。

「ふふ……しあわせで、あれ」

シグリッドは飽きもせず、ずっとにこにこしながら赤子を見つめていた。


「ヴィクター！　おねえちゃんですよー」

赤子が生まれて半年が経《た》った。

シグリッドが男だったらつけようと思ってたシグルドにしようかと思ったが、愛称が被《かぶ》るということで新しい家族の名前は〝勝利者《ヴィクター》〟となった。愛称は〝ヴィー〟だ。

籠《かご》の中の弟を、ご機嫌な様子で飽きもせず毎日眺めて抱っこしているシグリッドは今日もご機嫌だ。籠の中の赤子改めヴィクターもシグリッドに相手してもらってご機嫌である。

シグリッドも手の掛からない赤子だったが、ヴィクターはそれよりもっと手が掛からない。お腹空《なかす》いた、おむつ、眠いのどれかでしか泣かない。ほぼ業務連絡である。

しかも最近はマシューさんに使用人にもヴィクター様の世話をやらせてください！　と怒られて夜間は見てもらっているから、俺は朝までぐっすりだ。

産後の肥立ちもヴィクターの経過も何も問題がなく、俺もシグリッドの時よりヴィクターに手が掛からない上、人の手まで借りられるので正直暇だ。日課としている投擲《とうてき》以外もそろそろ本格的に訓練しないとなまるし太るが、前回の肥立ちが悪かったことを聞いたダリウス様がかなり渋っている。

今日ダリウス様が仕事から帰ってきたらまた話してみるか。

「シグとヴィーは今日も元気でしたよ」

「そうか。いいことだな」

その夜のこと。

寝ながら今日一日の二人の様子を、俺は隣で横になっているダリウス様に報告していた。

「もし次があるなら今度こそ立ち会いたいし休みも取りたいものだ……戦もないことだし」

「そうですね……次があれば事前に段取りを何通りか考えておいた方がいいかも……。ところでダリウス様」

「どうした？」

「俺、もうそろそろ本格的に動きたいです。先生に大丈夫とも言われてますし」

色々先生からもう大丈夫と太鼓判を押してもらっていることも伝えてみるが……。

「む……しかし。こんな薄い腹で一年近く赤子を育ててたんだろう。そんなに急かなくてもゆっくり」

「そうですね。一年近くお腹にヴィーがいたんですよ」

「なら」

うんうんと頷《うなず》きながら俺はダリウス様の手を取って自分の腹に触れさせた。

発情期《ヒート》はまだだが、先生からはもう大丈夫と了解を得ている。

「お腹が寂しいんですよ。……だから、ダリウス様のものでいっぱいにして慰めてください」

「……ヒートでもないのにそういうことを言うなんて珍しいというか、初めてだな……」

「引きました？」

「――いいや。ぐっとくる」

そう言って俺の手を取って、ダリウス様は自らのものに触れさせる。それはしっかりと硬くなっていて、俺はごくりと喉《のど》を鳴らした。

「……本当に大丈夫なのか」

「大丈夫ですってば」

まだ心配しているダリウス様に俺から噛《か》みつくようにキスをすると、ちゃんと同じものが返ってきてきたことに俺は満足して営みに浸っていく。

――なお、次こそは立ち会いたいというダリウス様の悲願はこの三年後に達成されることになるのだが、それはまた、別のお話である。

あとがき

この「ないもの探しは難しい」というお話は、私が小説を書き始めて半年ぐらい経《た》った頃、単純にオメガバースの世界のお話を一度書いてみたいなというところから考えはじめました。
最初はオメガバースらしい、バース性に起因する真面目《まじめ》なお話を書こうとしていました。しかし、私の「生きる力が強い、地に足着いた子が好き」という好みが出てしまい、ロバートは孤児で魔力なしでバース性が不明という境遇でありながら行動力のある子と相成りました。

生い立ちや境遇もあって、前向きに飄々《ひょうひょう》と生きているけど、何にも持っていないロバート。そして逃げたロバートを探すけれど、ロバートが何にも持っていないが故になかなか見つけられないダリウス。二人ともベクトルの違う不器用で、話の中でいろんなものをはっきりと、あるいは探すともなしに探しています。そして互いに見つけて見つかって、幸せを手にする姿を書けて本当に楽しかったです。連載中はもちろんでしたが、今回このような機会をいただいたことで、再び楽しく二人を書かせていただきました。読んでくださった皆様にもその楽しさが伝わっていれば幸いです。

なお、二人のその後ですが、シグリッドの後にも子ども三人に恵まれ、幸せな家庭を築きます。そして子どもたちから完全に手が離れたあとは、騎士団を引退して二人で国内外問わず旅に出ます。二人とも仕事でしか色んなところに行ったことがないので、完全に観光でいろんなところへ。ダリウスはロバートに食べさせるのが好きなので、ご当地の美味《おい》しいものをたくさん食べさせ、ちょっと食後の運動がてらギルドの依頼を受けたり自分たちの子どもたちの今後のためにちょっと国の手助けをみたいなことをやるともなしにやっていく……といった感じになると思います。

また、シグリッドはロバートやダリウスが感じていた片鱗《へんりん》のとおりアルファで、境遇や親子以上の年齢差等々から想いを受け入れるのを拒否し続けるオリヴァ先生に対し、執着猛攻を仕掛け続ける残念わんこ系美人となりますが、それはまた機会がありましたら。

最後になりましたが、このお話を素敵な本にすべく、お忙しい中ご尽力くださった編集様、いきいきとした二人をとても素敵に描いてくださったａ·ｉｏ先生、校正や印刷、営業などの各ご担当者様方等々、この本の製作に携わってくださった全ての方。オメガバースを書くにあたって質問責めにしてしまった海老エビ子先生。そしてムーンライトノベルズでこのお話を読んでくださった皆様、そしてたくさんの本の中からこの本をお手に取って、さらにここまで読んでくださった皆様に、心からの感謝を申し上げます。

本当にありがとうございました。

metta

Ruby collection

ないもの探《さが》しは難《むずか》しい

2023年8月1日　初版発行

著者　metta

発行者　山下直久

発行　株式会社KADOKAWA
〒102-8177
東京都千代田区富士見2-13-3
電話：0570-002-301（ナビダイヤル）
https://www.kadokawa.co.jp/

印刷所　株式会社暁印刷

製本所　本間製本株式会社

デザイン フォーマット　内川たくや（UCHIKAWADESIGN Inc.）

イラスト　aio

初出：本作品は「ムーンライトノベルズ」（https://mnlt.syosetu.com/）掲載の作品を加筆修正したものです。

ISBN 978-4-04-113853-3　C0093　Printed in Japan